U0923176

只有春夏 才有秋冬

张永海 著

新华出版社

图书在版编目（CIP）数据

只有春夏，才有秋冬 / 张永海著． -- 北京 : 新华出版社， 2020.9

ISBN 978-7-5166-5346-3

Ⅰ．①只… Ⅱ．①张… Ⅲ．①诗集－中国－当代 Ⅳ．① I227

中国版本图书馆 CIP 数据核字（2020）第 172596 号

只有春夏，才有秋冬

著　　者：张永海

封面题字：韩宁宁

责任编辑：高映霞　　　　装帧设计：若　轩

出版发行：新华出版社

地　　址：北京市石景山区京原路 8 号　邮　　编：100040

网　　址：http：//www.xinhuapub.com

经　　销：新华书店

新华出版社天猫旗舰店、京东旗舰店及各大网店

购书热线：010-63077122　　中国新闻书店购书热线：010-63072012

照　　排：北京领鸿文化传媒有限公司

印　　刷：廊坊佰利得印刷有限公司

成品尺寸：170mm×240mm

印　　张：20.25　　字　　数：210 千字

版　　次：2020 年 9 月第一版　　印　　次：2020 年 9 月第一次印刷

书　　号：ISBN 978-7-5166-5346-3

定　　价：56.00 元

自 序

生命只一次，活着最可爱。

自然生简单，时代有大爱。

遇见一个新时代，比什么都幸运，走向一个新时代，比什么都幸福。当下，美好生活向我们走来，人间处处充满了美好时光。发现之美好，采撷之美好，生活之美好，是每一个人的夙愿，也是幸福之所在。个体作为社会组织的一个细胞，人间的一粒尘埃，在浩浩长空下，茫茫人海中，的确显得很渺小，但却是一分子。伟大祖国给予我们土地，给予我们力量，鲜艳红旗下我们无风无雨地茁壮长大。敬爱母亲给予我们生命，给予我们乳汁，暖暖怀抱中我们无忧无虑地健康成长。幸运而幸福的我们，应该充满活力和精神饱满，即便做不了什么大事，做一点小事也是理所应当，报答春华秋实的光辉。世界辽阔，上善若水，《奉献》这支歌听了多少年唱了多少遍，特别地喜欢，我在想，只要人人都有一点激情，都有一点爱心，只做一件好事或者哪怕只是一个微笑，只是一份修养，汇聚在一起，都将成为精神纬度和文明经度的一片海洋，我们也会在别人和自己的奉献中更加的幸福。

自己长期在农村、牧区、城市基层从事党务政务，理性中工作，尽其所能，感性中生活，热爱面对。作为一名诗歌业余爱好者，回望所有，流年所集，将时光中点点滴滴的所思所想和所感所悟，生活中的一个小情绪，一朵小浪漫，幻化成诗中文字，尽管看起来很稚嫩，很直白，仍然感觉颇有几分意思。认为这是对幸福时代的一个小的感恩、小的回应，是对关心帮助过我的同志一个友好而诚挚的敬礼，是在退休之前对工作之余所爱的一个交代，抑或是对生命中某个阶段的一个简单小结。

诗集从开头至结尾，有对祖国的热爱，人间的感动；有对工作的追寻，生活的向往；也有自然的风景，简单的自我。从形式到内容，回望着一点一滴多彩缤纷的世界，回放着一束一段多样浪漫的时光。

总的来说，出版的这本诗集，自己觉得还是很勉强。也许因为诗行很矮小，不算大气；也许因为诗文很表象，意境深度不够；也许因为文字很直白，驾驭功力不足。他仅是自我情绪的一种轻轻表述，如一朵浪花，一株小草。也许因为不够长，不能大声地朗读；也许因为不够高，登不了大雅之堂；也许因为不那么美丽，不敢放开歌喉，大声歌唱。

望前辈、同行、同事、朋友们不吝赐教帮助指点，在余生的来往路上再接再厉，新时代的大潮里，夕阳的余晖下倾听未来，不负滋养的好时代，不负所有帮助过我的好人。

诗歌有情，相逢有缘。

只有春夏，才有秋冬 。

张永梅

2020.2.14

目　录　CONTENTS

第一辑　国之家

第二辑 情之爱

第三辑 春是花

第四辑 夏是雨

第五辑 秋有果

第六辑 冬有雪

第一辑 / 国之家

七十国庆

今天
我们爱着的土地上
千万个儿女热血沸腾
飞腾的音符
震撼了金秋的苍茫

今天
我们都沉醉了
心醉在祖国的怀抱里
每个人脸上
那个甜甜的微笑在荡漾

今天
我们都跳舞了
舞蹈在宽广博大的广场上
奔涌而滚烫的血脉
汇聚凝成了一片海洋

今天
我们都遇见了
遇见了一个幸福的新时代
相逢的每一份美好
在我们心中永远歌唱

2019.10.1

祖国颂歌

金色十月
我们领悟真理的新思想
国际歌的高唱
信仰的求索
为血红的旗帜增添了一把火
让心中的太阳更加鲜红
新时代中国特色社会主义思想
闪耀着真理的光芒
里程碑的意义
新时代的航标
写就了昂扬斗志
开辟了光明前景
浩荡奔涌
坚信吧　真理的智慧
让历史的天空飘扬鲜红的信仰
照亮中华民族伟大复兴的中国梦

金色十月
我们走进豪迈的新时代
迎接黎明高远的桅杆
用火热的胸膛拥抱明天的太阳
灵感的火花徐徐展开崭新的画卷
这是新起点的华章
人民向往
这是中华儿女的冲锋号
勇往直前

这是一个湛蓝的天空
东方曙光
高扬镰刀和铁锤的旗帜
向着新时代进发
快乐吧　人民的向往
让可期可及的中国梦一步步
挺立在昆仑之巅峰

金色十月
我们书写昂扬的新征程
南飞的排排大雁
初心不改
矢志不渝
逐梦前行
豪迈情怀
循着新征程的嘹亮号角
越过长江黄河
跨过东西南北
向着远方出发
昂扬攀登
接续奋斗
浩荡吧　奋进的步伐
让中国梦站立东方的高点
面朝大海拥抱新征程

金色十月
我们担当沸腾的新使命
站在新的历史交汇点
两个百年的宏伟气势磅礴
新使命呼唤担当
牢记光荣
承载脊梁
在广阔而又火热的沃土上
高举心中不灭的灯火
万涓细流
汇聚起滔滔大海
穿越时空浩荡风云
唱响人民美好生活的壮丽凯歌
担当吧　光荣使命
让中国梦的航船行稳致远
写就伟大祖国美好的广阔前程

2017.10.10

人民英雄纪念碑

想看一看英雄挺立的模样
举旗的　躺下的
冲锋的　流血的
那个身躯像铁筑的那样
高昂

想摸一摸英雄跳动的血脉
奔腾的　激昂的
血红的　热爱的
那个沸腾像火山的那样
喷涌

想听一听回响千壑的呐喊
母亲的　苦难的
孩子的　未来的
马蹄一样踏实脚步的那样
坚毅

湛蓝天空下
厚重土地上
感觉中华民族英雄们
沐浴我们的是耀眼的
霞光

2019.1.20

祭烈士

沉默的敬仰
是我们心灵的家园
献上鲜花
复兴的血脉在赋诗

崇高的永恒
是我们心中的丰碑
丛中鲜花
复兴的姿态在挺立

坚定的源泉
是我们心里的能量
浇灌鲜花
复兴的曙光在升起

2018.10.1

祖国啊

祖国啊
您是我的亲娘
您的每一块土地
都是我的故乡
走到哪里都让我歇息安然

祖国啊
您是我的依靠
依偎着您的脊梁
初心向您的远方
奔流到海奋勇向前

祖国啊
您是我的眼睛
有您的指航
使我不怕艰险乘风破浪
擦亮眼睛直达胜利的彼岸

2017.6.26

站在天安门广场

站在天安门广场
心潮与平常不一样
很多双眼神
具有无上的荣光

衷心立正
抬头仰望
五星红旗迎风飘扬
刹那间映红了我们的脸庞

颤心瞻仰
共产主义那个幽灵
如东方升起的太阳
正在我们头顶放射光芒

千千万万个呐喊
震醒了东方睡狮
人民英雄纪念碑傲然磅礴
告诫我们勿忘脊梁

人民大会堂神圣经典
像泉水一般
清清澈澈涌出
流向南北流向大江

天安门城楼金钟
中国人民站起来富起来
强起来的声音
萦萦绕绕回旋在耳旁

国家之辽阔
民族之血脉
敬礼人民　只有人民
敬礼我们党伟大光荣正确的能量

2019.10.10

西路红军纪念馆

一位将军
将一杯青稞酒浆
高高举过头顶
向英勇牺牲的西路红军庄严献礼

一幕幕与敌人搏杀的场景
悲壮　激越　惨烈
先烈的鲜血在抛洒
后人的心儿在战栗

还没有长大
军魂早已担当
与百倍的敌人拼杀出一条血路
还没有睡下
军号早已吹响
想赶在敌人前面把他们消灭干净
还没有成婚
新娘早已惜别
把爱寄托在革命的信仰里

英雄先烈们的鲜血
染红了共和国旗帜
你们听见了吗
中国之梦已经构筑
你们看见了吗
东方曙光已经冉冉升起

2018.4.21

祖国万岁

今天是你的生日
我敬爱的祖国
壮怀激烈风雷七十年
火焰般燃烧的岁月
激情打造了一轮崭新
火红而饱满的太阳

今天是你的生日
我可爱的祖国
豪迈大步凯旋七十年
山巍峨　水奔腾
希望的田野上
伫立了一座又一湾
青山绿水似的城墙

今天是你的生日
我亲爱的祖国
血脉亲情相爱七十年
五十六个兄弟姐妹
守望相助相扶
健壮冲刺出一个新时代
通透文明的亮堂

2019.10.1

新时代的青春

新时代
点燃青春之火
青春是力量的
似看见燕子不停歇地奋飞
砥砺前行不回头
冲破黎明前的黑暗和寒床
像大海的巨浪呼啸而来
让青春奔腾飞扬

新时代
点燃青春之火
青春是朝气的
似看见东方喷薄而出的鲜红太阳
跳荡闪电般的光波
高唱嘹亮的康壮之歌
满载金色的时光
让青春承接新征程的光芒

新时代
点燃青春之火
青春是美丽的
似看见雨后霞光万道的彩虹
挥洒激情四射的活力
大地一夜之间穿上春天的衣裳
奇异的芬芳
让青春在绿色的海洋中荡漾

新时代
点燃青春之火
青春是智慧的
似看见中国梦的意境在缭绕
哺育劲炫的伟大时代
千万个音符汇聚震撼的大合唱
歌声响彻在珠峰的上空
让青春的梦想升腾飞扬

新时代
点燃青春之火
青春是绿色的
似看见青山绿水转化的金山银山
上善若水的境界
滋润每一座山每一条川
青春似水
让青春铸就新时代巍峨的脊梁

2018.5

注：二〇一八年五月四日《青海日报》副刊发表

原子城纪念馆

小雨霏霏
听着车窗外雨滴拍打
来到心之向往的原子城纪念馆
此刻胸前五星
显得格外鲜红

草原青青
露出六月甜甜的微笑
看那原子城绵软的夏雨
顷刻间化作仙气缭绕山间
萦绕我们灵魂

鲜红艳艳
原子城赤诚清晰的记忆
雕刻了科技工程壮国威的气量
辽阔草原好似巍巍的长城
为倾城时光而添红

2017.6.5

请求之白

我唯一的请求
想住在你洁白的诗行里
意象天然意境向阳
塑一夜梨花的情愫
献给有情有义的文字

我唯一的请求
想住在你飘飞的银色里
心底下无私的透亮
画一幅辽阔北国风光
献给凌寒陪雪的挺立

我唯一的请求
想住在你清纯的眼睛里
放眼高天厚土的壮美
摘一朵碧天的白云
献给昼夜守望的眸子

我唯一的请求
想住在你希望的灵魂里
耕耘春暖夏凉深秋之白菊
收获一片冬日的阳光
献给大爱美丽的天使

2020.4.7

英雄儿女

谁是英雄
春天三月告诉我
等待那天使心中
春暖花开
打开凯旋的大门

漫长的一天
又是一天的漫长
你们走过了
你们熬过了
什么样的日日夜夜
多少个不眠
多少次搏斗
汗水算得了什么
又有多少英雄在疆场牺牲

天在看
这是天性的考量
人在做
这是人性的博弈
揪心的无眠的心疼啊

我们做不了什么
只是等待
在等待中祈祷
只是等待

在等待中好梦

期盼心中英雄归来

筹心砌一座

保佑英雄的丰碑

扎一束鲜花敬我们心中的天使英雄

2020.3.18

感动中国

街巷不凡普通
乡村可贵情操
忘我勇气
演绎了自我的革命
诠释了人生的价值
一日又一日
一年又一年
晨曦里　夕阳下
一点一滴
书写着别人的幸福
一感一动
震撼了每个兄弟姐妹
相信
每个感动不是本身
相信
每个感动注入了强大动力

2017.3

深圳你好

依山面海
云烟山峦
海风从身边吹过
白色的帆船上还有谁

从海的旁边
看见你的轮廓
也看见你风度翩翩
还看见你恰好的速度和大美

大海啊
前面的你全是水
是浩荡万千的水
是勇往直前的水

不为椰子树的柔软
只为心中的那个向往
真的多想看看你
想把你的潇洒变成大海的水

2019.12.6

岁月有愿

岁月有梦
心中那一株菩提
看窗外微风细雨
回眸瞬间
梦在飞翔

岁月有情
相逢季节路口
不求花香满衣
只愿从桥上走过
小船在河面悠漾

岁月有义
无比宽广的大海
承载着点点帆船
自由自在地航行
留下一片片白浪

岁月有痕
彼岸春风秋云
一弯清月满地
此岸篝火殷红
一溪泉水流淌

岁月有愿
不怕风吹日晒雨淋
就像远方那一道风景
在阳光下
意象叠层平仄昂扬我的诗行

2019.12.26

步履

地平线上
有一个节奏在跳动
海平面上
有一朵浪花在奔腾
步履岁月
流动着时光的美
涌动脉搏
依然有春的艳红
还有那秋的金黄
足下生风
风中夜色缭绕
心中有爱
爱那土地生辉

2020.3.1

你说你心里

你说你心里
有牵挂也有柔软
有山脉也有湖泊
还有草原茫茫

你说你心里
看不见的地方想着
摸不着的心里陪着
还有牵挂着的故乡

你说你心里
寂寥时想说个话
忧伤时想倾个诉
还想拉个家常

你说你心里
想走一趟南方
想飞一圈北疆
还有上北京看看天安门广场

2020.3.29

优越单车

久违了
午后的阳光下
十里长安大街骑着单车
赏三月春暖花开的北京
骑着骑着

拍摄了三张照片
五星红旗下
天安门
新华门
复兴门

看见了三种鲜艳
阳光雨露下
迎春花
玉兰花
海棠花

遇到了三个倩影
风雨无阻里
橄榄色的影子
藏蓝色的影子
橘红色的影子

闻到了三股香甜的味道
胡同巷子里
全聚德烤鸭的味
稻香村点心的味
老北京炸酱面的味

体悟了三样心情
自觉心情中
祖国的热爱
人民的可爱
北京的喜爱

骑着骑着
不知不觉喜悦上了眉梢
多么的赏心悦目呀
优越单车
清爽婀娜

此刻骑着单车看天安门
激情感觉祖国首都的慈祥
有时间
请一定骑一骑单车
从天安门前昂扬走过

2020.3.31

长安街钟声

每当钟声响起
有一种悦耳激扬舒畅的快感
听来特别过瘾
这是我听到的世界上最好听的钟声

一分分催醒了时光
一秒秒激扬了慷慨
倾城时光
韶华不负人

早一点把分秒等候
准确目标刻度
且把所有惆怅放下
与时针一起前程

眼力臂力足力一起迸发
在昂扬的节奏中
牵手青春时光
增色我们时代的五彩缤纷

2020.2.12

福跟你走

百字福是喜欢的
把福写全
篆字　隶字　楷字
楷书　行书　草书
挂在中堂
每天默念祈盼
情愿到门庭来敲打

运气在阳光下徘徊
跋山长远
让远方和诗来相伴
点燃篝火
殷殷火焰映红脸庞
干枯逢雨
幼小苗苗悄悄发芽

其实福字不难写
删掉慵懒就简单
穿好合脚的鞋
走自己小康路
涉水千里
走在微尘里就会发现
原来福站在我们脚下

2020.3.11

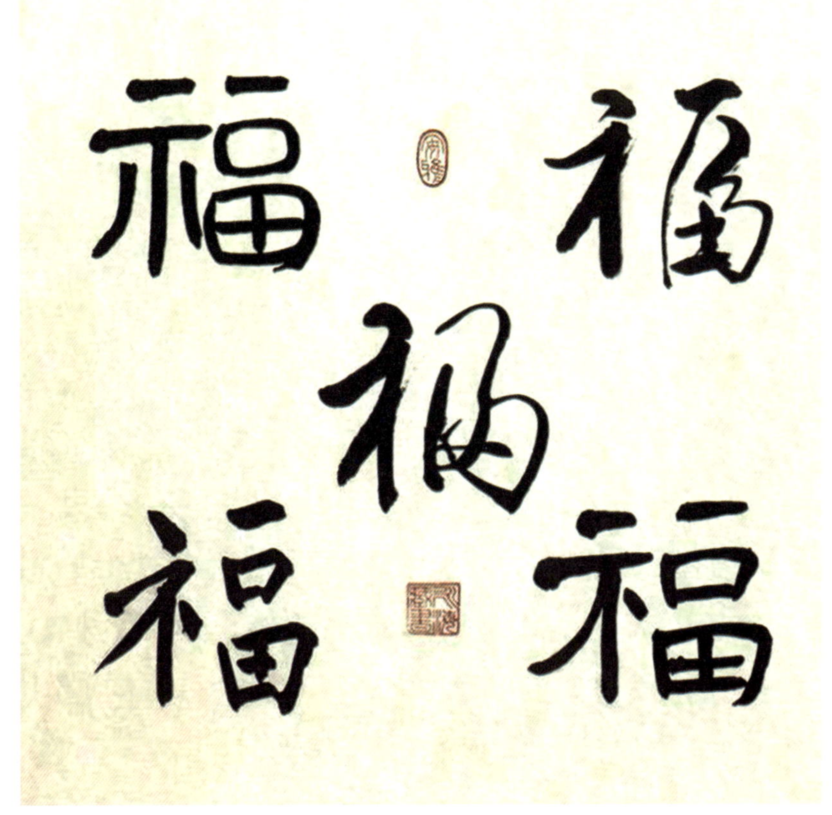

五福临门　　　　永海 书

大美青海

名字一样的青春
大海一样的宽厚
孔雀一样的美丽
彩虹　花海
雪山　雄鹰

控制不住地想呐喊
难怪有人诗意的说
你是瞬间的艺术
你是彩色的画板
你是嘹亮的歌喉
你是意境的天堂
站在你的身旁
仰望过你灿烂的阳光
凝望过你多彩的幻影

在我心里
已渐渐地爱上了你
美丽而辽阔的胸襟

2017.9.20

看见大海

看见大海
海岸孤独行走
港湾　小船　还有彼岸
闲庭瞭望
海贝　小鱼　还有诗行
翅膀在海上飞翔

深深大海
承载苍穹星斗
海浪拉长了声调
万朵浪花陪伴着桅杆远航
粼粼波光念想
满满海的文章

一次次观海日子
一缕缕崭新云霞
洒满了我爱的蔚蓝色的大海
泳衣轻轻躺在
辽阔博大胸怀
深呼吸天空中那一朵新鲜阳光

2019.8

注：二〇一九年八月三十日《青海日报》副刊发表

我的草原

登上你的殿堂
望见遥远的故乡
如此神情激扬
我憧憬的可爱

饮上你的酒浆
忆起缥缈的岁月
如此可亲可醉
我淡淡的情怀

跨上你的骏马
追赶奔腾的祥云
如此挺起胸膛
我激昂的心海

2017.11.17

好一个日坛

暖风刚刚好
左右日月花坛
晨曦时刻遥遥相恋
前后松针柳叶
鸟儿啁啾千回百转
舞曲伴奏
老年人年轻的舞伴

好一个日坛公园
是日坛祭祀
还是自然繁衍
是天堂镜湖
还是人间温泉
是日的能量
还是月的陪伴
是雨的滋润
还是雪花的爱恋

我相信
这是新时代激情的火焰

2019.6.11

早晨的黄浦江

早晨的浦江
轻快得像个小燕子
高楼大厦间飞来飞去
飞来一轮东方火红的朝阳

午后的浦江
忙碌得像个码头
浦江两岸运来运去
运来一艘艘满仓的巨轮踏浪开航

夜晚的浦江
霓虹得像个大花篮
鲜艳的五彩闪来闪去
闪来一座座夜来妩媚的灯火辉煌

当我路过外滩的时候
明珠塔眺望着的灯光
照亮了同行是一首歌的路
夜览写上我爱的一句诗行

2019.12.3

守望绿色

从北山到南山
走了春夏走秋冬
只因守望心灵那一片青山

渐渐地长大
跳过河流
渐渐地长高
跨过山顶
渐渐地长宽
穿过谷地水涧

深深根植于
那片深情土地上的
青山绿水哟
倾诉衷肠
用情耕耘
用心交换

看吧
那条河
像绿色飘带一样柔美
那座山
像金山银山般的壮美
那片林
像一道天然似的屏障郁郁葱葱两山间

看吧
那一片绿
营造了鸟儿的天堂
蓄聚了小草的露珠
绿色的能量哟
点燃了每个萌发青山的心灵
催生了每个旺盛绿水的心愿

仿佛在我的心中
耸立了一座绿色的丰碑
绿意在阳光下生气盎然

2018.4

注：读《尕布龙的高地》有感，二〇一八年四月五日《青海学习报》发表

夏都之歌

昆仑之翼
夏都明媚
迎着初升的太阳
丁香芬芳
美丽淳朴的高原儿女
以浪漫情怀
放歌心中的花儿
沐浴在生活之城

湟水之滨
夏都明媚
迈着时代的步伐
坚定执着
包容创新的高原儿女
以昂扬情怀
追寻心中的梦想
徜徉在幸福之城

2012.7.7

注：是为西宁市创作的歌曲。丁香花是西宁市市花，包容诚信、务实创新是西宁精神，幸福之城、生活之城是西宁市奋斗目标。此歌由著名作曲家张宏光作曲，青年歌唱家吕薇演唱。

小城之恋

晨曦的城堡安睡星星
羞红了脸庞

朝露的丁香清光映映
透明了向往

雨后的天空清新净净
换上了衣裳

骄阳的弦乐欢畅殷殷
响彻了苍茫

层叠的金秋笑靥盈盈
韵含了想象

街头的雕像红星艳艳
再现了信仰

2018.4.26

西宁

那一片辽阔的高原
那一朵蓝天的白云
那一个故乡的深情

曾经山川
如今如此姣好
像一幅百媚千红的风景

为谁赠送
高天厚土的本分
为谁等待
人间烟尘的清新

回望刹那
牵引着多少清纯记忆
凝望其境
我爱着那域土地的多情

2019.12.27

乡里乡外

是谁装饰了岁月的年轮
一岁又一荣
有约的心灵迢迢千里
难断青山绿水两岸的路途

是谁安排了这场美丽的重逢
说不尽的乡愁
不经意间满含了眼眶
儿时记忆在秋千里荡来荡去

是谁的情怀割舍不下
时而孤独的怀想
倾城时光在缘分的旋律中
沐浴着清新的雨露

请听淡定的心绪
静看繁华的世界
心声像乡里乡外的方向
牵手时节扬鞭策马归途

2020.1.21

幸福敲门

头顶一片艳阳
阳光来敲门
幸福从窗口透了进来
照亮每个角落
韶光浴千年

春晖十里田野
麦香来敲门
幸福从微风里吹过来
田埂有爱醉三月
雨后多新鲜

海阔天空之间
祥云来敲门
幸福从心情中涌上来
可遇飞翔时代
幸福在眼前

2020.3.20

如画万里

祖国的山是依赖的
蔚蓝的辽阔的你
那么可爱
想念我的祖国
所有隧道都已昼夜打通
青山绿水陪伴着你

妈妈的画是订制的
无私的忘我的你
那么透亮
牵念我的妈妈
所有语言装在自己的怀里
千言万语慈祥着你

孩子给妈妈打电话
我该为祖国画山水
祝福妈妈
安然如康
祝福祖国
如画万里

2016.6.22

不是因为

新年钟声
不是因为钟声的悠扬
而是 365 个日日夜夜牵手敲响

春暖花开
不是因为你孤独傲放
而是迷人春天万紫千红的回放

微风送爽
不是因为迷人的风景
而是上善柔水默默问候的波光

心路漫漫
不是因为遥远一方
而是远方诗一般温度的意象

今夜无眠
不是因为夜色撩人
而是热腾腾田野上燃烧的火光

喜欢湛蓝
不是因为体恤衫鲜亮
而是蓝天和海蓝水天一色的交响

黄河奔腾
不是因为涓涓流水徜徉
而是执着向东流滚烫的浩荡

2020.4.1

明天是新的

确是一个魔
痛苦不说还有死亡
多么阴森
多么凌寒

是谁惹的祸
是谁欠着了
睁开眼看看吧
谁绘画了满目绿水青山

是有尘埃的
是有崎岖不平
世界是平的吗
谁拯救了千万个贫寒

默默地祈祷
把祈愿放在心上
让魔的东西走得越远越好
该滚出这个可爱的家园

绵绵地请求
把魔的余沫清理干净
下一场猛烈的滂沱大雨
涤荡它的复燃

牵起万众之手
凝聚心中的黄河长江
清洗尘土飞扬
奔腾一个崭新的明天

2020.2.11

北戴河

见过你的照片
未见过你浪花翻腾的样子

高铁汽笛拉长了声调
抑扬着你好听的名字

正午时分窗外的阳光
陶醉了远行昂扬的心思

落日红霞透过百叶窗
照在粼粼波光上像是为大海献礼

高高桅杆在蔚蓝色海面上
忽远忽近地闪现着它的壮丽

站在海岸倏然间感觉宽宽的大海
把祖国的辽阔写进了意境优雅的诗词

怪不得这是一个向往的地方
怪不得这是一首感慨的远方的诗

快静静吧我的快乐
春的季节追寻航行的意义

2019.8.5

想跟星月说句话

星儿还未挂树梢
一丝淡淡的记忆
勾起无限的忧伤
不要伤感
即刻把昏睡的星星唤醒

月儿爬上了山冈
若有羽翼
穿过树林和草场
飞上那座高高的青青的山顶
和星月说说夜光里心境

心儿奔腾
此刻我想叩开静静的门窗
让婉转的歌儿穿进来
把心中的一万句
演唱给月儿和星星听

2017.9.5

针眼

感冒了
其实不是
不经意间
手背上何时扎满了针眼
疼痛不已

抚慰吧
自我本能
针剂能量
一起来安顿针眼和谐相处
让它一个个就地自愈

2019.6.27

遇乐高

窗外沐浴枝
一树青芽刚出头
朝如牵露珠
夕如吻故土

窗内环紧扣
一幅春潮映山水
春时怜自人
秋时依如故

2020.2.29

那么美

一个可遇可求的时代
一个美好的世界
美在高山尖行走
好在流水涧荡漾

近我心中那个恒定的美
像朝阳　似落霞
赤足在原野上奔跑
放眼在憧憬中瞭望

用美作一首诗吧
东西开放鲜活　南北激情灵动
让美好在骨子里扎根
一簇簇艳丽装满我们时代长长的花廊

2018.8.10

我愿

在灵魂的行间
点燃亲爱文明的火把

在金黄的沙滩
和海鸥有个亲昵对话

在寂静的小路
踏风听歌飘逸若骏马

在栖息的午后
柔软阳光咖啡的闲暇

在坚实的脚下
勿忘初心徒一路天涯

2020.3.15

外滩飞雪

精致洋气
繁荣志气
外滩在飞旋
一对对蝴蝶从墙壁上起飞
一艘艘轮船鸣笛航行
宛若诗行里嬉戏
雨滴和飞雪交融一起
在空中飞舞
烟云从霓虹灯丛林穿行
炫光轻悠悠
静看那海鸥飞翔的舞姿
静听那人流如织的欢声笑语
此时我更想看
外滩中央
鲜红光芒的人民英雄纪念碑

2019.12.1

东方明珠　　　　永海 摄

第二辑　/　情之爱

梅兰竹菊

咏梅

冬迎雪花仙飘飘
初含梅花羞答答
我若踏雪寻傲骨
不见尊严誓不罢

韵竹

天生秉性仰天啸
一竹风格一排屏
四季如春韵含色
不是境界也是景

幽兰

一枝一叶似筋骨
幽香丝丝浸心苑
一年一季常青春
试以青松比高远

金菊

金菊烂漫初冬时
恰是南山银世界
不怕寒风飒英姿
踏雪笑迎黄金叶

2017.12.10

一枝一葉、似節骨幽

香盈々浸心苑一年一

季常青素試以

青松比高遠

永海书

幽兰　　永海 书

诗的季节

你的诗
似久违的亲人偶遇
自然流淌如喷泉
清纯内心似火焰
颤动心思

你的诗
像三月含羞玉兰
叶子未长花先开
斯馨让人却步
素颜让人发痴
春风依依

你的诗
像江南的细细小雨
烟云濛濛若隐若现
翠绿竹林如画
摇曳柳丝如水
独舟摇晨曦

你的诗
像守望中的麦田
秋风吹麦浪动
麦香在田野里荡漾
在收获的季节里
心儿在沉醉中记忆

你的诗
像凌寒的雪花
飞天慢慢浪漫一串串脚印
落地轻轻白里一点点透红
未见曲径通幽
只有傲然气

你的诗
像册子里的书签
轻轻走过来
镶在美的意境里
插在词的行间里
揉合在读书的笔记里

你的诗
像一部灵巧动画片
我在微电影里
每天看着它
如每天遇着你

2020.3.6

相逢如春

乘一叶小舟
默然相逢
煮一壶小酒
微风清爽

遥远
知道你的悲伤
幽处
明白我的惆怅

春天的雨丝一滴滴
从远处飘来
夏天的荷叶一束束
从这里张扬

微风中
摇曳的花瓣展开了笑脸
往事中
流年的思绪化作了吉祥

轻轻的脚步
漫步于初春早晨
柔软的珍重
斯馨若月光

作别黄昏
恰如三月桃花
正好春天
春水细长

2018.7.9

点滴

一点在上
一滴在下
一点一滴碰撞
滚动着怎样的浪花
点点滴滴
泉水一样透明
珍珠一样天然
灵丹一样奇妙
我可知道
一点是良药
我也明白
一滴是情怀
点点滴滴
像鸡汤一样甜甜地滴落在心灵里
点滴的世界里
一点一滴碰撞
讲述着怎样的故事

2019.6.20

新年钟声

期盼中
悠扬钟声如约敲响
却把年分成了两半
一半是流年一半是新年

流年沉醉收获里
新年眺望梦想中
敲醉了你也敲醒了我
瞬间年的礼花满天

那些诗意的流年
留存了许多温暖的记忆
那些难忘的梦境
宛若一个浩瀚的湛蓝

春风拂面的新年
抖落尘埃携一身素雪
跟随初心的旋律
辞旧喜迎激情的春天

正点相遇分秒
年年相逢温情相望
庚子多情的年华里
解读分分秒秒涌动的灿烂

2020.1.24

团圆

那一抹早晨的红霞
别样的鲜红
新春的声声爆竹
耳边不时响起

脚步为团圆而节奏
心动之喜庆
心跳之喜悦
欢呼为亲人而呼吸

普天下亲爱的人
这一天到来
心绪着怎样的坚守
聚小家守大家的相思

鞭炮为山河祝福
举杯为家人祝愿
这一刻到来
正是激荡大小团圆时

2018.2.12

父亲的胡子

我的父亲
跟一些个农民父亲一样
由过多的操劳
早早驼了背弯了腰
脸上皱纹也不少
特别的还是那一捋黑白相间的胡子
让他精神起来

我的父亲
有一个习惯了的动作
时不时捋一下胡子
他心底里的那个柔软
还有那个细致的感觉
不觉间自然而然
悄悄涌动起来

我的父亲
捋着胡子的时候
恰是闲不下来的时候
要么织一件毛衣
要么做一组家具
要么做一顿饭
或养几盆喜欢的花来

我的父亲
在我心中特能干
是那种心灵手巧的人
他编织毛线手艺家里沾光受用
不仅织小围巾　小袜子
还会织手套　背心　毛衣
他的毛线活不比商场的差来

我的父亲
在我上学时给我织了件枣红色毛衣
背面还织出了凹凸感很强的
“中国”两个字
那可是个高兴啊
穿在家里暖和
穿在外面光荣
珍贵在我心里藏了起来

2018.8.24

母亲的扯心

母亲的台历上
时钟嘀嗒了九十个年头
今天的我还像个孩子
身旁牵手偎依依

有一天告诉我
出生的那个特殊年代
我只吃了六个月的奶水
我想可能是顺的意思

刚接到大学通知书
一块上海牌手表
戴在我手腕上
好像在说爱惜每刻每时

舍不得吃舍不得穿
悄悄塞给我的八块钱
至今雷打不动压在枕头下面
陪伴着我的一年四季

记得在果洛上班的第一天
托人捎给我
两个红红的大苹果
仿佛说平安度过一生一世

如今快要退休的人了
一颗不老的心还念叨着
感觉有母亲的牵挂
却是一件非常幸福的事

2017.6.20

敬礼

甜甜微笑的那张小脸
刚满两岁学会了神圣敬礼
五指并拢
为警察敬礼

稚嫩头顶何时悄悄有了崇高
凡要上街目光穿行人流
追寻警察的身影
遇见便看到美景一般凝视不已

那一刻我在想
孩子心中的国徽和警察相连
和妈妈一样的可亲可敬
瞬间忘记了喜欢的玩具

那一刻我在想
好像一种特别的感觉涌动在孩子脸上
天真烂漫
可爱可祺

2019.2.10

我去了草原

你说你是一匹多情的骏马
我去了草原
看你在辽阔上奔驰的高昂

你说你是一只披狼皮的羔羊
我去了草原
看你在草地上安静的模样

你说你是一枝不凋谢的格桑花
我去了草原
看你在阳光下灿烂地开放

你的豪放　你的恬然
还有你百灵鸟一样的歌喉
在我眼里知与行完美的搭档

2012.7.16

如果有一天

如果有一天
泪湿了我的羽毛
借太阳公公的灿烂阳光
温暖心灵的衣裳

如果有一天
跨不了我的河流
请来文殊菩萨的善良
搭座孔桥连上

如果有一天
迷茫了我的北方
跟随互联网走一趟
找出坐标的方向

如果有一天
忧伤了我的心绪
谱一曲心中的嘹亮
踏着旋律去远方

2018.3.17

单车

多好听的名字
长安大街骑着它
一个人的浪漫就足够了
空气好好清新
天安门广场干净如新
夕阳下的大剧院
如初升的半个太阳
柔柔斜阳的暮光
照在人们身上
犹如在金黄的色泽中沐浴
沿街的玉兰花啊
像放电影一样
渐渐开放摇曳生姿

别样的单车啊
却有别样的感觉
简单便捷
却有爽快的心情
时快时慢随时停靠
自由自在自觉其力
双眼兴奋不倦
想把所有的风景
尽收眼底
想把所有的心思
变成风景
装满背肩的行囊
骑上单车的心情美滋滋

2020.3.6

天坛心情

天湛蓝　地青青
花烂漫　水清清

人潮涌　扬青春
竞相祷天性

此刻的我
似乎听得清

年轻的人
在虔诚祈福
祈福寿喜安康
我们亲爱的父亲母亲

年老的人
在虔诚祈愿
祈愿久久复兴
我们可爱的祖国母亲

此刻的我呀
想雕刻一座天坛的心情

2019.8.22

北京天坛　　　　永海 摄

花海放歌

迷人的花儿在六月里开放
美丽的姑娘来到阿哥身旁
羞涩的笑脸像彩云一样
手牵着手在这醉人的地方

芬芳的花儿在六月里绽放
白色的牡丹在山野里荡漾
心上的人啊就在我身旁
肩并着肩依偎在老爷山上

花海里放飞美好的希望
花儿和少年把家乡来歌唱
花海里放飞美好的希望
祝愿这甜蜜的生活万年长

2009.7.12

注：是为青海大通首届花儿会创作的歌词。由著名作曲家张宏光作曲，青年歌唱家吕薇演唱。

小的时候

小的时候
帮着母亲蒸馒头
一边做一边说
不一会儿
蒸熟的馒头开满了花
口感特别得好
母亲说过的话更受听

小的时候
母亲教我卖冬果梨
树上摘下再到集市去卖
不一会儿
一筐梨换成了钱
裹紧了手绢快回家
母亲让我买眼镜

小的时候
母亲送我去上学
目送着去　盼望着归
不一会儿
追着斜阳　踩着余晖
牵着小羊去田埂
母亲送我一个大苹苹

小的时候
母亲是那么的年轻可爱
里里外外都是好看的影子
不一会儿
母亲渐渐地白了头发
年过半百的我
母亲还亲昵地叫我小时候的乳名

2016.6.20

木头勺子

咖啡一色
乘着云朵海上来

小巧可爱
蹦蹦跳跳走过来

木质纹理
健健康康匀称来

适度尺量
五味杂陈挑出来

韵含滋味
青青色色添香来

精致模样
别样心情涌进来

2020.2.26

简洁的诗

简洁的诗
爱上了简单的我
你一句　我一字
你一阙　我一行
简一样的短小
素一样的朴实

还是平铺直白的
看来缺少一点抒情和意境
可是简是真洁的
是真实而真情的
不管怎么样
反正我是爱你简洁的诗

2020.3.24

我想告诉你

除夕饺子
面对星空
沸腾亲情千般温暖

千里执着
瑞雪相遇
五彩喧哗迷人光炫

触摸时光
万千彩霞
静听激荡心跳瞬间

圆桌折射
怎样光辉
延伸人生相逢缘圆

2019.2.10

表情包

碰撞锁心的瞬间
小脑袋总是以笑眯眯来玩凸

背起个小胖手
模拟大人足迹摇来晃去

沙发边托起小脸蛋
有滋有味欣赏超级飞侠的援助

藏起猫猫的表情
上下配合灵活精准而逗趣

游乐园里的每个小道具
随时随地可陪伴乖巧的演出

每个表情都是一段记忆
好像是一幅小小的憧憬图

2018.5.26

黄河石

徒步五千年
奔腾五千年
云霞在你背上呈现

越过了皑皑雪山
走进草原
走过了茫茫大漠
看见绿洲
跨过了滔滔江河
来到平原

啊　黄河母亲的石头
如你所见
天高走远

万紫千红的奔梦路上
镌刻了永恒
云霞在你背上呈现

2017.9.13

聆听自己

聆听脉搏
自己的心跳最节拍

聆听脚步
自己的徒步最忍耐

聆听敲打
自己的阅读最明白

聆听别人
别人的声音最是爱

聆听自己
抑扬顿挫填补自己的辞海

2020.4.17

不问别往

恍惚间
从你身边走过
秋水碧天
垂柳听弦
乘一叶扁舟看云烟
几分迷醉
几分快意
此时不问别往
遇见了装满了行装
只是不忘朦胧三潭

时光里
把遇见带去
聆听最美瞬间
天涯佳人
仪表万千
总是温情款款
拥有千态百媚
几分安恬
几分沉醉
只见当下静美云烟

2019.11.5

蓝色

湛蓝色的天空
我是欢喜的
因为博识

蔚蓝色的海洋
我是欢喜的
因为胸臆

深蓝色的衣裳
我是欢喜的
因为朴实

淡蓝色的书签
我是欢喜的
因为哲理

蓝色的情感
喜欢蓝色的过程中
不知不觉已埋在心里

2017.9.16

糖果

多么好听的名字
浑身就是一个甜
我是喜欢的
不仅喜欢
还特别有诱惑力
口里喜欢心里也喜欢

一直是喜欢的
出门会带上
见朋友会送上
新春佳节摆上碟和碗

关键时刻
还会舍己救人呢
精神的灵魂
无私无畏的示范

平时也是喜欢的
有时还特别想念
眼里那么的光艳
心里那么的香甜
想来却是有色有素有雅的
现在的甜无处不在的新鲜

2020.3.17

可爱的鸟儿

晨星眨眼的时刻
叫醒了可爱的世界
也叫醒了美丽的梦

勤快又善良
云雀唱歌
喜鹊报好
啄木鸟就像把脉的医生

爱和情长了翅膀
鸳鸯戏水
老鹰守护着雏鹰
布谷鸟送来暖暖的早春

从早到晚不停地
拍打着你美丽的羽翼
那个羽毛天空下爱意浓浓

2018.4.27

面对面

那个时候
面对面
稚嫩坦荡
写几页朦胧的诗行
青青河边草
翠翠竹叶青
宛若在这个时候

这个时候
面对面
沧桑坦荡
写几张墨汁的字行
青烟看不够
湛蓝望不尽
宛若在那个时候

2018.4.2

唐卡

精致的本色
真实的衣裳
藏文化的宝贵
藏智慧的化身
你是艺术
你是品质
你是宗教的
你是民族的
也是世界的
你就是多彩文化的宝典

2012.2.13

水乡眷念

桥上的风景
桥下的碧水
微风里如歌般节拍

水乡里的璀璨
灯火下的烂漫
追寻着怎样的情怀

多少次激情回首
眷念念碧水天长
沉醉乡间不愿醒来

2020.1.10

飞鸟如醉

日暮斜阳
白色扁舟缓缓划行
双桨如风
涟漪如烟

水声清朗
芦苇中水鸟翩翩而飞
醉与醒之间
朦胧山水万千

静好岁月
微风明月素颜
想让时空暂停留
留下每一道夜光隐约可见

夜色安然
圆月静悄悄爬上了屋顶
飞鸟在醉意中
捧着恬淡的月光半醉中入眠

2018.4.12

玉件

牵手相识
不肯离去那是因为报晓
纯洁天籁

牵手相知
不肯离去那是因为云霄
雍容大度

牵手相爱
不肯离去那是因为精俏
高雅至简

2018.4.6

贺卡

田野
一束束饱满的玉米
耷拉着沉甸甸的脑袋睡着了
画面暖色之调
镌气的文字
填满了真挚亲切的情感

瞬间
飞也似的转换
碰撞出一朵百合
渗透出一缕相思
溢满了陌路的情节
潮湿了双眼

模样
静静在抽屉里
心灵
默默在陪伴着
难以相忘
那张薄薄的卡片

2020.4.2

意境之鸣

舀一勺昆仑博大的雪水
黎明到来时刻酿好青稞酒浆
微醉深沉的心灵
时而高亢

挂一盏柔和亲近的灯光
探寻漫漫长夜的小路
看日出日落瞬间的方向
时而畅亮

摘一粒金黄成熟的麦子
追忆希望田野收获感念
播下天地精灵有芽的种子
时而成长

看一眼高原野茫茫的草原
深呼吸蓝天云淡的气息
长一双敞开自由心情的翅膀
时而飞翔

2018.5.31

同频

一轮皎洁明月
从地平线上升起
悄悄地照在了我的窗口
没有人告诉我
今天是什么日子

可曾听见
一阵清冽的风声
仿佛带走了我的忧伤
此刻想借一束鲜花
献给你暖暖的心意

那句颤动的词
携着一谱曲
在一个平日的早晨
一瞬间默默哼唱着
旋律惊人的相似

从来没有这样想过
千万不要忘了
同频共振的磁场
有着诗一样的魅力
还有它的质地

2020.3.29

甲子年

清晨放飞
日子的田埂上
晶莹露水缠住了双脚
午后阳光下
看见一树如雪的梨花
黄昏也绚烂

时光不及相爱
遇见甲子流年
往事云烟
想把如虹的七彩
若梦的彼岸
打捆安放明天的航班

不要追问
流光模样
守候星光的夜晚
却是春天还有秋阳
走过夏日霏霏小雨的浪漫
拥有冬时那阳光下的温暖

曾经拥有不会孤寂
走过平凡不会徘徊
静候金色光阴
却看曼妙菊花
拽一树长青的柳枝
摇曳岁月的浪漫

2020.2.22

问你

我一直想问你
你是喜欢春光
还是喜欢秋色
你到底是诗人
还是雕塑家
你说你都喜欢
时光难得的炫斓
人间那么的善美
与新时代有个亲密的约会
太好了
我们想到一起了
那我们携手吧
一起写青山的诗
一起雕绿水的画
一起启航远方
用诗人般的眼光发现炫斓
用艺术家的感觉塑造善美
我欣赏诗人
我欣赏艺术家
也欣赏你对生活的热爱

2020.3.24

西湖

晴天
阳光柔柔
风儿轻轻
杨柳依依
小船悠悠
我与西湖品味狮峰龙井
此刻只想与你同饮
只愿曲径慢悠

雨天
雨丝霏霏
烟雾蒙蒙
炊烟袅袅
小鸟悄悄
我与西湖对望三台山顶
此刻只想对你诉说
只愿时光停留

2019.11.7

芒果

金色季节
南国遇见
向前一步
那个饱满的线条
和满眼的橙色
迷住了我的双眼
左看看树上
斜着的是它的姿色
右看看地上
吊着的是它的自然
那个成熟的样子
可像是一个觉者
祈祷每一天
给世界一个果鲜
放眼望去
如何让人不爱它

2019.12.7

月亮和星星

寂静夜光下
千岁的月色
映照一缕百年亮光

流动的星星
不知疲倦的样子
豪放无限的思想

星星守望着月亮
岁月的答案
烟云的笑容里猜想

我要看看
深情凝视瞬间
月亮那韵含的眼光

2017.3.10

静静的海河

静静海河
慢慢流淌
流去的是岁月
留下的是亲情
河东有我
河西有你
津门连着我和你

除夕月儿
慢慢地走
走过的是沧桑
走来的是美好
除夕有我
初一有你
亲情连着一家人

2017.2.1

生命的热度

生命的乐谱
晨曦和晚霞间跳动
吞食黑暗点燃火焰
温情热度
冲去凄凉哀怨情节

生命的日子
白天和黑夜间连接
是逍遥　是打夯
不是为了分野
而是为了契合

生命的宝贵
时间和空间的隧道
点笔每一个瞬间
填满纯真方格
曾经的梦都是那么特别

2013.4.5

曾经拥有好时光

岁月似一本台历
一页一页被翻了过去
青春和中年匆匆过往
拥有的美好时光
透过岁月快车可看得见

故乡炎热的夏天
像海浪一浪一浪扑面而来
小时候只穿一条小裤头
在张开笑脸的田野上
和妈妈一起收获金色麦穗一片

背上书包是件幸运的事
默写我爱北京天安门的课文
记忆愚公移山故事
放学时节好像长了一双小翅膀
时光是那么的耐看

兄长帮助报名
二哥送读报手册
小妹妹不敢添乱
月光底下木板床上看书的模样
默默与谁也不贪玩

七月细雨绵绵
挽起了裤腿
八十华里不遥远

难忘那个牵手过河
暮色时分看见轮廓的终点

十八岁的青春
拍了第一张稚嫩的照片
开心　迷茫
期望　忐忑
好像青春就是这个概念

大学校园宛如知识的海洋
看见戴眼镜的教授
看见图书馆　体育场
看见亮亮堂堂的教学楼
还有漂漂亮亮同学相伴

经济学第一可能是努力
万米跑最后可是一个纪念
文体委员当然有点幽默
大学四年
好似青春回眸的一瞬间

带着心中的梦想
乘上青藏高原西去卡车遐想
蓝天　白云　草地　牧羊
野心十足的牦牛
还有六月飞雪的浪漫

穿行北川森林
可见过绿油油的油菜
也见过金黄黄的麦田
花海放歌的歌声
和那幸福北川就像在眼前

雨后的七彩
似装点了城市的景色
闪烁夜晚有个影子在奔跑
幸运中感动着
幸福城市的笑脸

记忆中的美好
北京天安门
今天站在天安门广场看五星红旗
早一次晚一次
总是看不够的鲜艳

我总是在想
希望田野上
操场　草场　麦场　广场
幸运了我快乐的脚步
回望曾经拥有时光是多么的饱满

2020.5.1

家乡

车还没到来
有个叫车站的地方
背着行李
等了好长

车姗姗而来
有个叫心灵的地方
抱着情怀
已经看见了家的楼房

大家叫你春节
有个叫归心的佳日
我想叫你家乡
有个叫温暖的地方

2020.1.17

圆 月

夜色寂静
漫漫长长
圆月伴我看星辰
一路风景一路缘

携着心愿
迎着憧憬
圆月伴我去梦想
梦境意义如醉如愿

五千里行程
六万里心路
圆月伴我去远方
亲切地照亮征程向前

圆月很高
圆月很远
怀想你至简而圆圆满满的倩影
祝福你一千一万遍

2018.6.13

白鸽

一只白色飞鸽
一种磁性竹哨
湛蓝蓝天空
轻盈盈从眼前飞过
手机在耳边响起
柔和的声音
和空中清脆的哨子声
宛若一曲交响
酌醉了我的酒杯
盈满了我的灵魂
听着听着
一行滚烫的泪珠
从眼角滑落下来
再一次模糊了我的双眼
白鸽的哨子
萦绕心间　久久在心中回响

2019.10.28

第三辑 / 春是花

今夜最美

今夜最美
向春天出发的序曲
夜空中奏响
礼花漫天
春曲悠扬

今夜最美
有一个梦想的地方
家的远方
如汐如潮
如诗如歌
那满园的清香
伴着浓浓的亲情
犹如行程的干粮

今夜最美
就在前方
似听见丁酉年的啼鸣
似看见火红的朝霞
心中点燃的希望
满怀憧憬
向着春天出发
一路前行

2017.1.27

春暖花开

相遇春风
春暖花开
明媚春天
朝夕之间那般亲近如意

春风里有一朵云的红霞
天边飘来
春风里有一只约的归雁
相逢此岸晨曦

春风拂面
推开窗户刹那
听到潇洒雨声
看到吐芽柳枝

春风情怀
填满月明风清时光
彼岸的灯火
踮起脚尖触手可及

春风一样的心情
悄悄住进了心里
一个说来就来的风景
就是春暖花开之日

2020.2.6

季节的青年

暖暖的春天
布谷鸟悠扬叫着
仿佛春天在唱歌
时光笑眯眯迎着
追溯季节的青年

夏夜寂静的满月
洒了一地的月光
一个不经意的时候
夜晚的浪漫
相遇夕阳之后黎明之前

上苍安排的季节
乘风而来
寻找夜色的静谧
踏月而去
却看烟火的光环

时光多柔软
一杯咖啡的工夫
月光用细语来抚慰
一个回眸的瞬间
幽梦用记忆念流年

季节在摆渡
玉兰含苞春的探望
秋天景色最醉人
心头荡漾春的秋千

飞絮里所有的伤感
夏雨里化作淡淡青烟
晚秋中沉浸的寂寥
随雪花的飘飘而消散

春光里的花朵
想延长春的花期
夏日里的蜻蜓
想决绝秋的门槛

回眸春夏秋冬
时光不会去
青春不会老
轮换吧　季节的青年

2020.3.21

阳春三月

苍茫茫
倾听旷野的诉说
遥望春风
爽的时节百花前行

思邈邈
柳叶般迷人的那个双眼
沉默烈焰
映照荷心

幽兰兰
斑斓岁月十里春光
时空隧道
穿越轻轻

静悄悄
尘埃里走出跳动的春韵
梦中唤醒
桃花深处的宁静

春暖暖
伴随春的意味牵手走过
至纯至美
安放祝福的心灵

2019.3.10

奔跑

从黎明到黄昏
我们在风一样地奔跑
脚下草地　小溪
眼前山川　树林
跑啊跑
一天一月的日子
一春一秋的年景
跑啊跑
若牵出朝气蓬勃
若彰显时光香气
若绘画千山万壑最美景色
该有多么美好

2020.3.3

一树兰花

春风吹来
泛起一道道波澜
看尽朝夕芳菲
只为浅浅长长

梦了千回
不知人生如瞬间
一春一秋一岁
岁月终将远方

似水流年
一湾溪水向东流
记忆一串故事
相册不再相忘

日闲风静
采一片自由春光
种下一树兰花
自己淡淡开放

2020.2.19

春风浩荡

春的微笑
春的灵动
春的湛蓝
春的憧憬
春天向我们浩荡
春的昂扬发芽在树枝尖上

春的松软
春的孕育
春的浪漫
春的劲道
春天向我们浩荡
春的跳动耕耘种子的希望

春的色彩
春的回响
春的风雅
春的舒展
春天向我们浩荡
春的力量绿水青山间欢唱

春的明媚

春的光芒

春的灿烂

春的驰骋

春天向我们浩荡

春的时代豪迈我们的向往

2018.3.1

注：二〇一八年三月三日《西宁政协》刊登

你可曾拥有

你可曾知道
春风吹来的时候
星星望着月亮
夜光里悄悄说个不停

你可曾明白
触摸心扉的刹那
跳动的心脉若泉水一般
通透清滢

你可曾想过
缓缓而来的牵挂
相思在开花的季节里
心儿渐渐锁定

你可曾拥有
霏霏的小雨珠
是希望田野上的护肤霜
春的光艳在秋阳里安宁

2020.4.6

春天来了

昨日听春风
初来三月迎春花
谁在原上放风筝
春光醉人间

今晚看月色
雨后碧空月如水
独在湖边吹口琴
月光洒满园

2020.3.1

雁栖湖

寂静如幽谷
十二刻时光中
只闻鸟鸣清如画
初识玉簪独自开

晚霞伴新雨
十二刻时光中
翠竹与山湖默语
紫薇和蓝天对白

灵魂悠自由
十二刻时光中
自然醒来便发现
相见清纯的城寨

2019.7.30

雁栖新雨　　永海 摄

遇见超大月亮

夜色真美
遇见超大月亮
似乎越看越近
似乎越看越圆
又似乎越看越柔美
你遇见了吗

如果不曾相见
哪知道人间的绝美
如果不曾静看
哪知道幸福的模样
又圆又大且又亮
你那么美吗

昨夜凌晨雨滴停了
白天风儿特别起劲
宛如打通了天空的隧道
蓝天下没有一丝丝云盘
只为静静地净净地看你
你看见了吗

往西边走的时候
感觉像雪花一样的轻飘
轻轻地爬了山冈上了树枝
还一边走一边说
不知道说了些什么悄悄话
你听见了吗

谁撬走了我的睡眠
谁看见了我的诗行
今夜又无眠
无眠也是那样的惬意
见到了无眠的灯芯
你睡着了吗

超大月亮有个性
圆满得那么吉祥
柔软得又那么静美
不停地在眼前放着小电影
这是真的不是梦
你感到了吗

2020.3.10

风儿

风轻盈盈吹过
春秋之间
看见你在微笑
低眉抿唇

雨丝潇潇而下
一夜之间
弄湿了我的头发
丰泽光润

树枝静静发芽
朝夕之间
催绿了苍茫世界
大地葱茏

东南风西北风
你我之间
乘着你走天涯
如春如芸

谁都知道
你起伏的呼吸
不是丝丝春雨
就是绿绿青藤

2020.3.20

祝福

时光在灿烂的日子里流淌
请快些流吧
把我的小船
还有小船上的鲜花带去

月光在巍巍的山顶上奔跑
请快些跑吧
把我的笛子
还有笛子上的谱曲带去

春节在匆匆的脚步中走来
请快些走吧
把我的祝福
还有祝福里的憧憬带去

轻轻地叩开
那扇祝福心灵的门窗
时光如金　月光如水
春光如故

2018.2.15

那个时候

冬季雪花飘落的时候
想把土豆烤得焦嫩
暖暖你纤纤的双手

春风吹到乡间的时候
想把含苞的花蕾打开
装满你难消的乡愁

书签翻开短诗的时候
想把意象隐藏
安慰你忧伤的心头

用心等待的那个时候
不知不觉间
暖暖春天来到你的窗口

2019.10.10

黎明的微风

夜莺啼啭
是谁把它唤醒
晚霞殷红
是谁把它点燃
大雁阵阵
是谁把它放飞

一路同行　一脉相承
快把心灵的窗帘徐徐拉开
没有谁告诉我
自然而然
黎明的微风轻轻地吹了进来
轻轻地吹拂着我的心扉

2019.10.11

春雨

春雨来了
冲去了园子花草尘埃
也冲去了旧日淡淡忧伤
轻松在眼前
春雨好模样

春雨来了
宛若草地上撒满了梨花
雨天喝点酒该有多好
醉意中播撒
浅浅的波浪

窗外杨柳亲吻着雨点
屋内咖啡翻阅着婉约
一粒尘埃　一片烟云
旷野奔跑的脚印
寻找自己的方向

雨点拍打摇曳着竹子
不休的话语
把整个园子给吵醒
雨过斜阳
清澈倒映中看清了雨滴晶莹的模样

2019.8.3

栩栩如生

春暖花开的季节
你踩着暖风微笑而来

阖府欢聚的佳节
满怀喜悦迎接你的到来

似曾遇见的你啊
有种清澈而穿透的爱

怀抱中咿呀的你啊
有种甜入心底融化了的爱

亲情如泉水般涌动
有种不知道该怎样亲近的爱

只好把你笑眯眯味道
和蔚蓝天空写入我的词牌

献给今天的好时光
献给期望栩栩如生的情怀

2017.2.2

春天

想见时
将所有的深情缓缓积淀沉醉
春天三月一夜醒来

想见时
将所有的忧伤抛到天边九霄
唯有把春天留下来

想见时
将所有的章节浓缩放在一起
萦绕春天不离开

想见时
将所有的瞬间打包连接一体
春天一树树玉兰开来

想见时
将所有的星星挂在苍茫天际
那轮明月守望春天到来

2020.4.5

迎春花

春寒料峭
爱的初衷不改
仿佛一夜之间
张开了一张张甜甜的小嘴
小眼睛也不甘示弱
更加的迷人招人了
小脸蛋好像擦了胭脂
如火焰般耀眼
一丛一丛橙黄若流金
此刻我似乎看见
嫩嫩的小手摇曳着
招手热爱春天的路人
热情如火
稚气可爱
好像在说我们来了
春天来了

2020.3.31

植树

三月的春风
迎着山壑吹来
土地松软软的
在阳光下跳荡

昨日的滩土
一瞬间披上了绿色的套装
一片绿茵悄然起立
春风在树林里欢唱

弹奏的地平线上
植树规划的鸟瞰
不倦的太阳也没见过这等现场

三月的春风啊
植树时节诗的意境
在树丛中流淌

2018.4.21

北京的春天

花开的季节
我们来到了天安门广场

我说北京真美
你说北京的春天真棒

我走进芳菲三月的激扬
你来到人间四月的艳阳

我说百花齐放争红颜
你说千树万叶翠茫茫

我说小鸟啁啾可爱
你说柔软温婉阳光

我说没有烦事来萦绕
你说世上处处有吉祥

我说你是蓝色的蓝颜
你说我是青色的俊郎

我说我们遇见了春天
你说我们遇上了好时光

2020.4.2

望西湖

望西湖
杨柳羞涩
波光粼粼
小船幽雅
几分飘逸
却又几分欢喜

望西湖
沉醉落叶
独爱影像
点亮心情
几分依恋
却又几分寄托

2019.11.9

时光

在我眼里
你是一阙春天的现代诗
写满方格的每一天
天涯浪漫

在我眼里
你是一座雕刻的维纳斯
大方　干净　羞涩
天然琴弦

在我眼里
你是一盆安然的蕙兰花
幽静　幽雅　幽香
悄悄展现

在我眼里
你是一条通往远方的路
惊醒天边的隧道
宽阔平展

2019.11.2

咏春

一

青色尖尖见
墙角暖融融
春风吹来撩衣裳
明媚挂天空

时光匆匆过
试与比年轮
流金岁月送光景
新春添青春

二

初春刚刚到
细雨两岸霏
叽叽雀儿摇翠柳
时光惹人醉

弯月西临窗
风吹待人归
静致夜晚步轻轻
来去撩无寐

2020.2.29

山村

我看到了
小路弯弯
寒风踏雪进山村
土炕头拉家常问寒暖
油盐酱醋记心头

我听到了
雪花融融
喜鹊报春迎新村
田间头雪化时爆竹声
却听歌舞村里头

2018.2

常春藤

春暖花开
舒展青骨
聆听你生长的声音
像夜莺鼓点着勤快的双羽
一夜之间盘旋到黎明

那个网一样的场景
怀着念想还有幻想
剪断忙乱的情绪
赋弄诗行
想要唤醒翠绿不败的意境

岩石般稳固
飞流般永恒
听我今日的脚步
凹凸中执着攀岩
那是少壮还有未来的豪情

2018.4.27

风筝

湛蓝的天空下
那边飘来一只轻盈的风筝
在相逢的空间里
用心飞翔了好久好久
看这边默默无语

湛蓝的天空下
这边放飞着一只丰满的风筝
在相知的空间里
用情飞翔了好久好久
看那边默默无语

2019.12.12

窗外

感到了吧
打开初春的清晨
满屋清新幽香如兰

听到了吧
最柔软的那个春风
纵横交织细致如锦缎

看见了吧
沸腾的春潮并肩左右
齐刷刷潮汐般涌上心间

窗里的悠扬会在窗外
散发着春天的灵气
围着窗口回旋

2015.7.8

落叶·小草

看见秋天的落叶
树林里静静躺着
一丛丛的小草
好像特调皮的样子
从落叶底下挤了出来
抢着呼吸清新沐浴阳光

似乎在安慰
安慰那落叶的覆盖
温温馨馨
又似乎在微笑
微笑那见到的柔软阳光
暖暖照在自己身上

渐渐地　渐渐地
小草长长的绿叶
覆盖了落叶
又悄悄地温暖着它
遮风挡雨
相依　相存　相长

我看着看着
落叶干枯了
小草长高了
这时间听见早春的喜鹊
在头顶树杈上叽叽喳喳
好像在祝福人世间的暖阳

2020.3.9

飞絮

飞絮啊
春风吹来三月天
你怎么还缠缠绵绵不够
好像没有你飞不到的小溪

飞絮啊
从醒来到入眠间
总是在眼前飞来飞去
好像没有你不在飞的日子

飞絮啊
本想打个电话
告诉你别再飞了
好像没有听明白这个意思

飞絮啊
习惯了你的飞来飞去
愿你在人间四月天飞个够
好像没有你飞的日子总是不相适宜

2019.4.9

想象里

在我的想象里
你温柔地注视着我
我的睡眼一下子摇醒
仿佛捧着诗集在那里相思

在我的想象里
你遥远地眺望着我
我的摇号是件太困难的事
仿佛骑着单车快乐着自己

在我的想象里
你借着春天的风弹着琴
我在摇曳的柳枝上趴着听
仿佛轻盈了我的舞姿

在我的想象里
你健身不看旁边风景
我步履着自己的远方
仿佛填充着婉约的词

在我的想象里
你的热心肠不减当年
我一如既往清晰着流年
仿佛写着最美的那首诗

2019.4.10

蒲公英

快乐得像个小燕子
田间地头飞来飞去
沉醉的风与快乐的云
似乎做着童年的回忆

浓郁的芬芳里
弥漫着夏花的岁月
深沉的夜色里
抚弄着冬雪的诗意

意境中的韵律
时常被火焰点着
燃烧着的浪漫
装点你的天空和相思

2018.5.26

春节多美

这个充满生机的春节里
辞岁的爆竹甜美的祝福
悠扬欢畅如朝阳

这个充满亲情的春节里
团圆压岁其乐融融
春联短信祝福向往

这个充满温暖的春节里
浓缩着人间的亲爱
演绎着人们的和畅

这个充满祝福的春节里
祝福亲人万事如意
祝福祖国实现小康

2013.2.17

书

你是高悬的娇月
你是缘义的根本

你是分明的经纬
你是悠扬的琴声

你是冷艳的背影
你是倩怡的剧本

你是早晚的守候
你是缠绵的青藤

你是心里的柔软
你是生命的叩问

你是完美的演绎
你是季节的延伸

2019.12.11

一加一

品一杯茗茶
读一本经典
弹奏若水的琴弦

抒一腔豁达
走一程南北
生出诗意的韵含

理一组线条
雕一颗淡雅
拥有幽幽的美感

开一个频道
采一束韶光
安放静美的图片

映一弯秋月
养一朵春花
装点自由的清欢

点一柱红烛
寄一段深情
燃不尽爱的火焰

织一道朴实
捡一路自然
至一加一的简单

2020.2.13

白衣天使

心变得虔诚起来
双手合十放在胸前
诵读时代的春风
迎接白色玉兰的秀美

春天丝丝微风
梳理白衣天使的翅膀
轻轻盈盈
飞跃千山万水

人间朵朵微笑
擦亮美丽天使的眼睛
淡蓝的口罩
胜过春天的花蕾

苍穹颗颗星星
闪烁着英雄天使的光彩
黎明时刻
拥抱天使亮丽飒爽壮美

2020.3.19

新的一天

太阳起得好早
晨曦来到了眼前
麻雀像闹钟一样
叽叽喳喳叫个不停
新的一天就这样敲响

开上吉普车
背起行李出发
与怀念的工作联想
寻找文字的意义
笔记文字的激扬

淡淡的水调成柔情
激荡的潮摇起浪花
生活慈悲切成行
一段一段写成诗
时光麦香打成捆
一束一束立在场

装在 U 盘里吧
随意心情抑扬
寂寞时做伴
狂躁时平静
瞌睡时做荞麦皮的枕头
出发时幻化简单的行囊

2020.3.13

平常影子

你是那种
无可挑剔的雅量
自然简单清爽
与奢侈擦肩

你是那种
无处不在的爱心
平常时光绽放
与尘埃并肩

你是那种
无可厚非的善良
有情有义有悟
与阳光共肩

2020.4.5

月光下的春天

春天的梦在月光下延伸
书的墨香
和咖啡的浓烈
在静谧的夜晚袅绕向上

不知从哪天起
春的夜晚充满了
一曲曲沁人心脾的音乐
和一张张甜甜微笑的脸庞

夜的春风
扯断了忧伤的心弦
月光总是休憩在夜的吉祥

曲线上别样跳动的音符
和着春天月光柔美的歌声
在山的那边回响

2018.4.22

注：二〇一九年八月三十日《青海日报》副刊发表

诗

柔和的表情包
养颜你的心情
斑斓的调色板
幻化多彩时光

把心寄托给你
浑身充满一种激情
把岁月的芬芳
还有时光饱满与你分享

多像孤岛上的一条小船
寂寥时可以划一划
休闲时可以荡一荡
推动悠悠岁月向远方

2020.3.26

你可知道

你可知道
小提琴的悠扬
和那甘美的琼浆
迷醉了长夜
舔干了我们过往的忧伤

你可知道
熬过了炎热的夏天
又度过了漫长的冬季
深深的雪里
纯洁了我们心中的信仰

你可知道
这昂扬铿锵的主旋律
在希望的田野上
从四面八方唱响
讴歌我们新时代的惠风和畅

2018.3.25

星光有约

月光如水
星光点点
夜色好美
我和星星有个约会
会让幸福亲个吻

彩虹如画
花开如春
龙马携手
我和星星有个约会
会让精气永长存

五星红旗
胸前飘扬
小康大道
我和星星有个约会
会让梦想有个魂

2012.2.1

双手有心

趁青春还在
合双手扣十
放肩膀之上灵魂之心

左手和右手
左手托着责之任
右手捧着初之心

一手和一手
一手承上扶老之孝
一手启下携幼之心

握住时空之间
爱心平常之上
拥抱你我之心

2020.3.21

咏三八

三月含羞玉兰
柳枝摇曳婀娜
八千里春风芳菲
任性沉醉自我

快意靓丽青春
风霜雨雪不弱
十万个窈窕谁英雄
当属疫中巾帼

2020.3.8

疫情

昨日立春了
窗外还飘着雪花
窗内的我心里却有点着急
嘴角上火好几天

不是因为不能出发
而是因为疫情前沿
带着双层口罩
遥望着远方灰蒙蒙的天脸

此时最想
感染者的数字少一点
再少一点
即刻最好零点

此时多想
感染者带着笑靥
自个走出医院
走进家门摘下护眼

此时可想
白衣天使似钢似铁
坚强如钢　健康如铁
疫情早日拐点

此刻最好
要给立春问个好
让春天的清风
吹拂大江两岸

2020.2.5

散文

自由的划桨
旋律般的多彩多姿

追着你的彤红
染红了岸边小草的心灵
化妆了摇曳月季的脸庞
花是女人的方子

看着我的文字
游荡了喜怒哀乐的意义
飞翔了酸甜苦辣的记忆
酒是男人的托词

自由的划桨
旋律般的遐想启迪

2018.8.15

第四辑 / 夏是雨

咏丁香

原上和风熙
初春多清纯
紫装素裹斯馨园
独处花丛中

百花满园香
淡妆不争宠
园中依然最高洁
晚春留青春

2014.5.16

月季之名

五月北京
如彩如虹
静听月季爱美的声音
是大地的美
是大众的美

处处有美
机场　车站　花园　人行道　围墙角
嫣然形象大使的模样
默默灿烂而芬芳幽美

多彩有美
粉的　黄的　白的　红的
多彩不炫耀
艳丽不虚媚

庄重有美
任尔东西南北
显出大大方方气腾山河
厚重厚道的美

季节有美
春有鲜艳和浪漫
秋有成熟和丰满
还有冬雪孕育的美

烂漫有美
阳光本分给予的爱
一束束　一片片
久久弥漫的美

大众有美
泉水般普度的神韵
每一汩旋律冲腾不息
又为追寻你的美而醉美

2019.5.1

漓江

小小竹排
漓江游
影在水中央

朦胧峻山
山携雾
屹立在江上

青翠竹林
节高洁
竹在心中漾

2017.6.5

这一刻

这一刻
梦想在驰骋
我听到了海浪撞击的铿锵
浪花飞溅

这一刻
心儿在荡漾
我看到了霞光染红的长廊
彩虹满天

这一刻
血脉在沸腾
我感到了篝火盛热的胸膛
星光闪现

这一刻
琴弦在鼓点
我悟到了潺潺流水的畅想
风景如弦

这一刻
时光在读秒
我等到了预备奔跑的枪响
瞬间永远

2017.12.23

影子

白天的影子
像是你的朋友
阳光明媚的上午
隐形自我
悄悄迎接西去晚霞
时刻准备
转化日光所有温暖
陪伴忧伤的夜晚
形影不离

夜晚的影子
像是你的忠诚
茫茫寒夜星月当空
义胆挥之不去
轻轻揉一揉疲惫的双肩
时刻准备
安顿每一个放下的细致
摆渡自由的灵魂
相随不弃

2019.7.10

遇见眼泪

遇见别离的眼泪
不回头向前走
风儿轻轻吻一下你的脸

遇见悲伤的眼泪
借一缕柔软阳光
幻化爱的情愫拥抱胸前

遇见激动的眼泪
拍拍肩膀摸摸脸
夜光下对着星星看苍远

眼泪很珍贵
遇见别让掉下来
轻轻安放在心与灵之间

2017.4.16

新来的日子

望着天花板上线条
尘埃在灯光中飞旋

流去的往事
在云雾中时隐时现

微风挟着百合的香味
点滴之间不时地催眠

困顿孤独的睡眠
一时随匆许抱怨而去远

渐渐长大的生命之树
梦境岁月中长出了新的枝冠

新来的日子
抱着虔诚的心渐行渐丰满

2019.6.26

与时光赛跑

轻盈优雅
把时间轻轻掰开
与时光赛跑
如风　犹如春天的激盎

那一件白色大褂
穿戴着怎样的心情
将军一样铿锵豪迈
一步并两步脚印的测量

那一台荧光灯下
凝聚了多少时光的结晶
睿智的还有韵味的
青山绿水间荡漾

那一双亲人般绵软的双手
和那温情的微笑
在一握一笑之间
不知温暖了多少心灵的创伤

那一副近视镜片下
与时间赛出了顶尖的奖状
与生命较量中化解了三日的寒床
多少憔悴阳光下昂扬

谁看见了疲惫和失眠
谁听到了一丝的忧伤
我只看到了那长长的时光里
满满的扶伤

激情满当当
如诗　犹如百读的经典
别样的还有多样的魅力
有灵魂的世界里悠悠飘香

2019.6.21

青海风光

那个不远的地方
有可圈点的自然大美
都说那里高原海拔
我说这里风景壮丽辽远

登高有望远
高原青山绿水
青青草原和茫茫辽阔
赋有天地灵感

领略有风光
高原金色油菜花
蓝色青海湖和清澈黄河水
让人沉醉无言

纯厚有绝味
高原地道的美味
环湖自行车和心中花儿的浪漫
流连而又忘返

走进高原
领略雪山无限苍茫
走进高原
领悟昆仑别样情怀

2017.8.16

小雨天

来的时候
没有告诉一声
不急不急潇潇来
那么自然
那么从容
小草喜欢　花朵喜欢
树叶也喜欢
我喜欢　你喜欢
他也喜欢

它们和我们一起
像家人乐乐融融
要么带上雨伞
走上街头漫步其中
要么站在林子里
与被敲打的树叶
从头到脚淋个够
滴到手心　流到心头
小雨潇潇　情深款款

2019.8.30

注：二〇一九年八月三十日《青海日报》副刊发表

霞光静美

朝霞似火
一个清新的天空
一个个暖洋洋的人间
只争朝夕
精致的美

晚霞如血
一个动感的土地
一颗颗红彤彤的心灵
点染火焰
致远的美

2020.4.17

万家灯火

夜幕四垂
高楼轮廓
池塘溅花
蛙声起伏

万家灯火在眼前齐刷刷亮起
不一样的灯光
不一样的炊烟袅绕
不一样的窗幕

此刻我在想
有一样是相同的
都在忙乎着接应明天的黎明
开始新一天的忙碌

2018.7.7

夜光·海棠

夜光下的海棠
素质淡雅
白里透粉红
半遮半掩
羞涩摇曳着倩倩的身影
蒙蒙夜色的苍茫里
飘逸而奔跑
匆匆忙忙
仿佛与心中的恋人约会
难舍最后
默默恋爱

夜光下的海棠
那个离愁的心绪里
充满温情地抚慰着
忧伤无语地
含苞妩媚地
相看不厌不离不弃
仿佛轻轻在说
今晚的夜和今夜的光
不眠不休
静待多姿多情的海棠
约会归来

2020.4.1

夜光海棠　　永海 摄

静夜思

站在暮色中
心儿独自守望夜幕的降临
脱离喧嚣的静
繁星闪烁的夜
夜色缭绕

心灵的窗户打开
让静静的明月映照进来
柔软的灯光开启
让慰藉的经典翻开新的一页
心儿歇脚

不要把昨夜的梦给丢了
心中的微笑
连同斟满孤独的酒杯
甜美这整个夜晚的星星点点
静夜真好

2018.6.3

咖啡味道

咖啡苦味
苦味加糖
美味激情
激情燃烧

不同的味道
会有不同的感觉
不同的灵感
会有不一样的逍遥

给咖啡一个承诺
最好不加糖
保持苦味本色
定格咖啡的味道

情感迸发
苦中的甜
苦甜中间的味道
爱着的伴侣甜甜携老

2018.5.18

悦耳的声音

落雨的声音
悦耳动听
看书的声音
宛若茶香
亲爱的声音
温馨如盈

暖色人生
犹如跌宕起伏交响乐
红色的声音
蓝色的声音
阳光的声音
夜光的声音

多彩多姿的声音
像一道道柔柔的光
似一束束亲爱的情
萦绕入心
回荡入天
响亮你和我的声音

2015.8.10

万花筒

迷住双眼的你
托出韵致的模样

多彩的韵　多样的致
从里往外透明的鲜亮

似看见新娘的模样
从长廊的花轿中眺望

似看见忙碌的蜜蜂
储备越冬的干粮

似看见经典的故事
讲述动人的高尚

似看见火红的太阳
照在海面上的粼粼波光

似看见弯弯的月亮
在曲径小路上走动的昂扬

似看见早晨的露珠
依恋在小草身上不肯滑翔

那个多彩的波浪
一浪高过一浪

那串多样的寄语
像邮筒一箱又一箱

那个韵致的亲切
久违了的双手再悠扬

2015.7.3

喜欢下雨天

喜欢下雨
喜欢滴落敲打的声音
喜欢丝丝长长的线条
喜欢湖面上弹出来的浪花
喜欢树叶上每一个水珠的透亮
喜欢一汩小溪汇入河流的波浪

喜欢下雨
感觉轻轻拂脸
感觉洗去尘埃
感觉滋润入田
感觉空气清凉
感觉烟云苍苍茫茫

2019.11.10

蘑菇

蘑菇是喜欢的
太阳底下潜力冬眠
孤独并不可怜
有草花陪伴

蘑菇是喜欢的
小雨之后疯也似的奔跑
寂寞但有冲劲
有雨露陪伴

蘑菇是喜欢的
采蘑菇特别开心
长相圆茸挺立而饱满
有成长陪伴

2019.6.19

滴答声音

江南似的
每天如约如时而来
滴滴答答
宛若贝多芬交响曲耳边回响

小的时候
喜欢你的朦朦胧胧
好和小伙伴们一起玩耍
如画般的境旷

长大以后
喜欢你的纷纷扬扬
静看天花板优美线条
静以致远的意象

季节到了你来了
滴滴答答
心中的念想
一直在期待你的涤荡

潇潇落下的执着
好似迁了风景
滴滴答答的声音
好似换了衣裳

2019.6.28

月坛

夜色下
满园静悄悄的月光
满园羞答答的石榴花
好像在告诉我们
鲜红的　银色的
时刻准备着
给劳作的人们
早上好　送早霞
晚上好　送晚霞
想以红如火焰静如月光的模样
映衬早的鲜艳
演绎夜的想象
梦中表达
月亮给石榴说的话
全是阳光对夜色绘的画

2019.6.11

遥望六月桥

六月来了
带来了夏日的芳香
丁香花弥漫在心间
仿佛将要窒息的模样

雨后的天空
刚刚洗过的那般新鲜
现代钢架幽静浪漫
有着滔滔东流的执着和向往

独自站在中央
遥望北山的郁郁葱葱
近看承载的如织如流
小燕子轻轻从头顶飞翔

西边幼儿园孩子们的欢声笑声
声声悦耳似天籁一般
东边迎宾大道旗杆的五星红旗
那么鲜艳而飘飘扬扬

六月来了
带来了夏日的光芒
那六月荷花香的黄金季节
怎能不让人遥望

2018.6.25

图书

你的白白静静
让我一见倾心
轻轻地捧在我的手心上

躺在我的怀里吧
从梦的这头到梦的那头
做一个长长的梦乡

雨滴敲打门窗
生怕淋湿了你的衣裳
默默掩卷而飞翔

你的恬静
渗透了我自由的灵魂
也快乐了我的翅膀

有些话你不说
我慢慢地也能听得懂
懂得我的思绪　还有我的行囊

2018.7.3

朗读者

像一股沁人心脾的风
凉爽惬意
像一缕温暖如春的光
照亮心底
遇见林间小路曲径向巅峰
陪伴夜晚月光轻轻照在你的脸庞上

粉色的书签
简约的文字
思考善良高洁的人生
优雅的背影
优酷的经典
启迪心境
知行在你的肩膀上

2017.8.13

或懂

你不懂
是因为今天阳光柔和满满
我不懂
指不定明天可能有雨和风

身躯柔软那块地方
独自在流泪
只有咖啡的苦味
闭上眼睛才能品得深

不懂是什么
霎时间那个背影
徘徊于深深的幽谷
眼前就这么陌生

听不懂的忧伤
没有人知道
说不清的疲惫
无法表达精神

懂或不懂的道理
有时候难懂　有时候简单
不必含羞
给你一个拥抱　给我一个飞吻

2019.6.9

天晴了

下雨了
晶莹的雨珠
拍打着青翠的树叶
点头中弯腰
小草滋润了

雨停了
洁净的空气
布满了整个时空
繁忙中穿行
人们舒心了

天晴了
和煦的阳光
照耀了辽阔大地
哺育中成长
山川秀美了

2013.6.6

跑步

双臂在动
骨骼在跑步

努力吧
装模作样可不算数

夜里的脸部表情
只有月亮才能悟出

倾城的那些时光
喧嚣里根本看不清楚

呼吸的温柔
想象不到哪样的幸福

桃花般的心思不必说
风儿好像去了一趟古都

知道吗　路途越跑越轻松
明白吗　距离越跑越近乎

青春和暮年
等待着不知道怎样倾诉

2020.4.12

月亮

高山顶上托起圣洁的你
云海茫茫
云帆点点

柳树枝头挂起圆圆的你
银光融融
绿叶闪闪

美丽夜晚想起静静的你
心头亮亮
脚下安安

2018.7.1

懂你

小草泪眼
不是不要雨水
而是阳光的柔顺

小草忧伤
是你没看见脚下
不小心踩伤了天真

小草孤独
不是你没陪伴
而是初冬的寒冷

小草彷徨
不是夜色茫茫
而是你的心情深沉

小草的快意
全在于不经意间一个飞吻
你的安然而安稳

2019.6.22

应该有

皱了眉头就会添堵
倒还不如
敲开门楣笑迎妍妩

有了彷徨会忧伤
倒还不如
酌口小酒欣赏古都

空了心思会寂寥孤单
倒还不如
自游大海的浩瀚之书

知道　也不知道
花蕾有阳光而绽放
灯火为夜色而指路

应该　也应该有
柔软如水的心情
光明似灯的心路

2014.6.9

黄金海岸度假村

夏日浪漫季节
黄沙碧水海岸
金色阳光
轻风拂面
聆听吧　海的涛声
远远近近
帆船　飞艇　海鸥
泳泳点点
沙滩　浪花　海贝
时光海的沧桑
太阳底下闪闪发光
时光海的风光
海燕在上面翻飞翱翔
时光海的博大
船的距离撒满了渔网之美
瞬间时光
可以贴听自己的心跳
把海的每一个浪花写成诗行

2019.8.6

蓝色港湾

湖光翻腾
柳叶婀娜
穿过朝阳

静静的我
微风陪伴
饱满波浪

聚焦的你
忽而放大
娇艳向阳

荡起的桨
左右稳稳
平平滑翔

一花一叶
一港一湾
眼前昂扬

2019.7.15

明媚如光

午后阳光下
我抬头
我们明媚
丈量脚下走过的路
把每一个表情写满妩媚

静谧月光下
我低头
我们散步
看着月亮数星星的舒展
把每一个低眉画满温柔

2015.6.20

尽如人意

不尽如人意
归结为命运
靠命运来安排
不如徒步来看自己的足迹

不尽如人意
归结为缘分
让缘分来敲门
不如开启心中绿色通道数字

尽如人意
跨上时间的风
吹响空间的笛
命运和缘分在时光中沉醉如意

2018.5.17

细细雨滴

这细细的雨滴
不停地敲打着梧桐树
柔情抚摸着
金色的表情

这长长的雨滴
冲去了尘埃
又深情了落叶
好一个琴外之音

这漫漫的雨滴
把离去的思绪
和难舍的情感
幻化成一个个美好瞬景

这深情的雨滴
像泉水般咚咚叮叮
满含泪水眼神
一天一指头　一夜一梦境

2019.10.3

静静的岁月

孤独和彷徨
来了就来了
何必那么在意
只要心静
让简单抚摸暖暖的时光

鼓掌和喝彩
不来就不来
何必放在心里
只要心安
让自然在岁月中静静流淌

2017.7.16

遇见善良

遇见善良
像我的亲人
在微风中摇曳
似夏夜大树底下的凉爽

遇见善良
像海的波浪
在阳光下荡漾
把心儿安放在海的中央

遇见善良
像路的前方
在思绪里奔跑
且行且宽畅

遇见善良
折射的快意
敞亮了你也顺畅了我
在微微的春风里再一次相逢善良

2013.6.1

专家

听天神的宣言
浩瀚夜色上空
有一颗硕大星星闪亮

满天的星斗
挤干病魔肆虐的空间
让天空闪烁光芒

借一束夏天的荷花
请观音菩萨出道
收走妖魔打入杀场

做一回悟空吧
幻化强大无比的力量
横扫病毒就地埋葬

天神似的专家
还有仙女似的白衣天使
仿佛春天在人间处处绽放

2020.3.20

黄河·贵德

清清黄河
滔滔波浪
寄托着母亲河盈盈情愫
温温柔柔
一路向东海

仿佛传递
白杨林哗啦啦的回声
丹霞山叠层层的风景
弯弯悠悠
一路向东海

捎去梨花白的纯真
带去长把梨的问候
每一支河流都是你的子孙
青山绿水
一路向东海

2017.9.2

经幡

五彩经幡在风中飘舞
充满神秘而分明
生灵安详
草原深处的藏羚羊
和那列空盘旋的雄鹰
聆听鲜明的语言

遥远的山顶上
月亮沉落了
升起了崭新的太阳
雪山脚下的牦牛
和那徜徉自在的羊群
收获青山绿水的甘甜

2018.4.12

学哲学

慧中秀外幕布
洒满悠扬阳光
朵朵理性快感
撞出快乐火焰
如松　如骨干

刚与柔的灵魂
仰望善良时光
灵与肉的安然
从容绿色长廊
如凤　如丰满

2016.5.6

梦的演绎

勤快的小鸟
吵醒了一夜酣睡的梦
晨曦的灿烂
孕育崭新有梦的日子

梦的上面有太阳
梦的下面有繁星
左边的梦是忧愁
右边的梦是惬意

憧憬的梦在诗行中长宽
情感的梦在琐碎中延伸
友善的梦在心灵里堡垒
意境的梦在穿梭里升级

念天地之情
感人间之梦
悠悠梦的芳香
沉浸每个夜晚的梦在甜蜜中演绎

2018.6.1

问题答案

风吹落枯叶
冬的静孕育春的花开
壮观大自然

问题在哪里
问题的答案就在哪里
自然成熟分享简单

答案在哪里
幸福的金钥匙在哪里
那里是幸福之源

问题看起来很努力
其实就是每个人
双指相扣的手中拳

2020.3.26

阳光永恒

病毒
见不得阳光家伙
阴暗角落里肆虐
羞死了吧
放肆没边了吧
该埋葬坟穴了吧
冬日的暖阳
飞翔的精灵
被玷污得一塌糊涂
这个光阴谁会答应
罪不可赦
快快架起精准炮台
速速审判
让那些逝去的无辜
让疫中惊险的勇士
让老少男女
还有英雄子弟兵们
一齐朝病魔胸膛开炮
欢呼我们
永恒的阳光

2020.2.20

迟到的梦

回首之间
千里之遥
蜿蜒而来
此刻的我
在岁月的缝隙中
窗里窗外
一如那夜半弦月悬着的心

新的太阳出来的时候
准备好了行装
悠悠心中梦想
封存的那个心情
依旧用心来安慰
迟到的梦
如你所见难以割舍之心

2020.3.27

第五辑 / 秋有果

初秋

初秋的阳光
柔和又欢畅
初秋的风景
饱满又情怀

不必着急等待
让时光慢慢走进
无须精心包装
让时光渐渐多彩

黄黄的秋叶
眷恋的思味
日夜相思不见君
只有随风飘落的轻盈姿态

秋高气爽
淡蓝托底云朵
仿佛直透层层心底
深藏着一个挥之不去的感慨

林林总总的染霜
有太多金色的体验
我沿着层层叠叠的小路
寄托初秋的恋爱

2019.9.1

九月的风

九月的风
有诗一样的韵律
弥漫飘香
悠悠而来拂面

九月的风
吹来一片金色的闪烁
漫步丛林
看见枫叶在摇曳看天

九月的风
引动了我的芳菲
荡漾秋千
心儿望月幽然

九月的风
送去不烦不躁的凉爽
邀月尝月饼
月满照两岸

2017.9.6

盐湖如镜

走进盐湖
映出了湛蓝的天空
震撼在湖上
仿佛云层和苍穹之间
宛如在空中飞行

走进盐湖
映出了地上的白盐
自然在湖上
仿佛走进了远离尘嚣的世界
若像雨后的森林

走进盐湖
映出了人心的纯洁
白净在湖上
仿佛看到了可爱恋的世界
凝固了净化了心灵

2017.9.12

北海金秋

百船安然
淡黄柳叶摇曳迷人
金秋的你
牵着我的双手搭在你的肩上

我用双眼
回眸你昂扬的青春
那上下翻飞的小燕
千般柔软灵光

我用双桨
划出你层层的波浪
那左右跳动的浪花
万般妩媚清爽

沉醉的你
是海岸的金秋
是金秋的海岸
牵引我的心扉在飞扬

2019.9.3

慢慢走过来

在风雨中
在阳光下
慢慢走过来

左眼看见忧郁
右眼看见诗情
也看见捧书的模样
安然看过来

左耳听着朝霞
右耳听着晚霞
朝霞与晚霞的距离
美感生出来

左手握着右手
右手握着左手
也拥抱结实的肩膀
泪眼流下来

左脚走过长夜
右脚走过黎明
也走过如日的中天
阳光走过来

在苍凉中
在平凡中
轻轻走过人生阳光路

2015.8.15

我站在秋雨中

我站在秋雨中
雨点落在头顶上
从头到脚淋个完满

我站在秋雨中
雨点从眼前划过
模糊了我远眺的双眼

我站在秋雨中
雨点在耳边滴答
仿佛在告诉我雨点的答案

我站在秋雨中
雨点滴到情商里
看透了忧伤表情的脸

秋雨啊
我还想看到
春天化作满天的星光
夏夜化作曼妙的月儿
秋日化作斯馨的金菊
冬时化作飞翔的雪花
在绵绵秋雨中情怀浪漫

2017.9.5

想对你说

秋来临的时候
心里留着一串串的话
想对你说
田野　森林　峰峦的一片片风景

秋来临的时候
树叶轻轻地旋转飘落
想对你说
投入你层叠温润土地的山林

秋来临的时候
心中有一种莫名的惆怅
想对你说
刹那间还未开口　惆怅已不见了踪影

2017.9.19

中秋之夜

你在柳枝上
我从岸边走
千言万语水中游
不觉到桥头

顶上望月儿
脚下长影走
高山流水金色秋
明月照心头

2017.10.9

时光

时光又快又慢
且让我看看
是一个怎样的跨步

像瞬间的艺术
聚焦永恒的美
全靠精准快门的光速

像放飞的落叶
轻轻柔柔飘下
把秋的金黄覆盖住

像晶莹的泪花
人间烟火无处不在感动
珍珠似的深情长成一棵树

像流动的泉水
舀一勺装在暖暖保温杯里
时常保持甘甜的温度

像希望的梦想
真善美的每一个表情
在诗行的意境里凝固

像平常的日子
让流动中的酸甜苦辣
只留下喜欢的味道

多想把时光捏在手里
轻轻地安放在心上
用的时候千万别扭伤了筋骨

时常记起
只想为时光剪彩
只想让流动的时光普照万物

2019.10.12

秋韵

秋临湟水畔
小鸭游两岸
可爱丁香暗香来
缤纷在高天

走近凤凰亭
遥望山水间
志而朝夕血沸腾
秋韵在高原

2017.1.30

幸福在哪里

幸福在哪里
在空气中　在水波中
在感觉中
我知道
你是在幸福里

从东走到西
太阳对月亮倾诉
幸福在足迹里

赶夜晚走进黎明
月亮对星星衷肠
幸福在手心里

幸福在哪里
在麦田里　在树林里
在心灵里
你知道
我是在幸福里

2017.9.13

美好就是

美好就是
开满鲜花的日子里
选一个圣地　坐一次高铁
沿着前行的脉搏
取一把初心的火焰
灵魂自己映照

美好就是
小雨霏霏的日子里
在故乡的田野上
与儿时的小伙伴们
分享稚嫩的故事
悠扬乡愁的味道

美好就是
金色林染的日子里
用瘦小的诗行
诗意青山绿水
点缀美好生活
向灿烂的日子问好

美好就是
白雪皑皑的日子里
倒一杯水　捧一本书
随一章一节的节奏
跌宕走天涯
与远方接缘凑巧

2019.11.30

村里的麦场

太阳底下
麦子的芳香
宛若金色的海洋溢满麦场
一捆一捆的麦子
一垛一垛的麦子
排着队来到了麦场
稳稳地挺立着
火辣辣的太阳眷顾着
每一粒麦子
爆光自己的肤色
晒着自己的饱满
麦粒　麦穗
麦垛　麦草
麦的哥们和姐妹
有着怎样的体验
一年一次收获的样子
麦场上欢声笑语
孩子们捉迷藏玩游戏
大人们抽旱烟下象棋
热土地散发着泥土浓浓的芳香

2011.9.12

金秋十月

金秋十月
一曲溪涧日夜流水
一种信念日渐月立

秋蝉亲切的鸣叫
耳边萦绕不去
引动我金秋的缕缕情丝

菩萨的一方净土
忘却了尘世的喧嚣浮华
舒展我金秋的渐渐惬意

闪烁的星群
把夜空照亮
通向我金秋的南北东西

赤诚十月的心灵
有一杆不败的信仰
炊烟在我金秋袅袅升起

2017.10.23

根本

多彩海鱼海洋上自在游泳
不要问鱼的自由
灵敏小鸟林子里轻松穿行
不要问小鸟的灵巧
老练苍鹰蓝天上翱翔
不要问苍鹰的迅猛

要问就思量
脚下每一步足迹
手中每一道选题
还有一亩三分地庄稼长势的形象
有充分的理由相信
这正是为天的根本

2017.5

朱家角小镇

夕阳下　朱家角
慢慢向我走来
精巧小桥　承载光阴
弯弯小河　波光有情
每一条悠悠小船
独自景色
每一个琳琅店铺
拥抱世界
每一双激情眼睛
闹市穿行
每一对甜蜜情侣
双双渡桥
仿佛安然朱家角
放飞的江南小镇
自由地诠释着时代的光芒

2019.12.2

注：为上海市青浦区朱家角古镇而作

青稞

孤独并不怨寂寞
辽阔的草原
是你穿行的天仙

孤独并不嫌贫瘠
随相遇而安
是与身边篝火游玩

喧闹离你而去
在沉静中
飞雪幽雅陪你走云天

2017.9.5

玉米

我多少次
期待你的成熟
期待那饱满的模样
我看见的
是一片满天的金黄
还有一股带着清香的秋风
像圆舞曲在你的身边
在你的田间发出有节奏的声响
脸上胡须疯长摇曳生姿
威武了
一列列纵横的队伍
奉献了
一粒粒饱满的姿色
热爱了
笑对人世间的抚爱
我用一千张虔诚来敬重你

2019.10.17

秋日风景

秋日的雨滴
柔柔细细
滋润情怡

秋日的风儿
凉凉爽爽
情长惬意

秋日的山林
层层叠叠
如画如诗

秋日的花朵
淡淡素素
娇弱爱惜

秋日的风景啊
让人难以舍得
你不知沉醉了多少人的记忆

2012.10.8

夜色多美

夜深沉
无风
星光悄悄洒落到我的窗台
月光下隐约看得到你清晰的笑容
此刻你是否还在灯下

夜静谧
无雨
月光静静照满了我的床头
星光下好似听得到你熟悉的声音
此时你是否已经睡下

夜色啊
此时星月已经上了屋顶
星星眨巴着眼睛看月亮
月亮穿过云层望着星星
此刻我静静在屋檐下

2017.9.21

银杏树

江南遇见了
三百年前一棵银杏树

根深叶茂
盖地参天

双手抱肩
和谐有欢

金黄的叶
片片入眼

一叶轻抚在笑靥里
多想让你拍打我的脸

一片零落在发丝间
多想让你掖在书中间

一叶一片集聚在屋檐下
多想让你春来发芽放绽

你是我见到的
情深义重的银杏树

2019.12.3

所有的热爱

不要羡慕风景
把美丽的瞬间
按下快门拍出来

不要忧郁心情
天籁就在心里头
放开歌喉唱出来

所有的美丽
就在平常时光的夹缝里
躬下腰抠起来

所有的热爱
就在平日流动的心绪里
一点一点聚起来

2015.10.9

你好

你来的时候
把灿烂的阳光带了进来
整个屋子一下子金碧辉煌
中堂的福字别样的光亮

你在的时候
树叶和麻雀都安静了下来
田野里所有的金黄和麦香
溢满了我的诗和远方

你走的时候
疲惫的太阳刚刚走
留下了半个天火焰般的晚霞
映红了我羞涩的脸庞

2017.9.10

我看大海

大海的面前
什么也不想
傻傻地瞭望着
望一望远处的山峦
看一看翻腾的浪花

大海的面前
什么也不看
养养闭目的神
好像在隧道里穿行
心儿在微风中传话

大海的面前
什么也不做
手机静音睡眠
仿佛世界阻止了喧嚣
我跟着这个静美的世界在学画画

2019.10.10

夜莺

细雨蒙蒙
莫名的忧伤
静静看着秋的依偎

请悄悄告诉我
沉醉的酒杯
何日灌满秋的眼眶
渗透金黄落叶一枚

深沉的夜晚
消遣着秋的耐心
盘踞心头的那颗星星
把睡意给弄丢了
眨巴着眼睛
仿佛向云层深处的月亮举着酒杯

不知什么时候起
悦耳的歌声一下子
填满了秋夜酒窝的芳菲

2019.9.27

笛声悠扬

晨曦的笛声
催醒了我的睡眠
模糊的梦境似一段往事
停留记忆的凹凸内

天边翻腾的迅雷
提着花篮带来了夏夜的清凉
笑弯了腰的柳枝
摆动着多姿的妩媚

昨夜的轮廓不再模糊
多情的眼泪不再奔跑
一束月季转动了我的眼球
一缕阳光抖动着我的心扉

梦韵在祁连山青青的草地上
与雪水弯弯绕绕
心情在长安街宽宽的马路上
与笛声一齐腾飞

2018.8.31

如果

如果我是一首小诗
精致地印在诗集里
让诗行更加心灵

如果我是路边的小石子
默默地守护好路基
让道路更加稳定

如果我是云层的小雨点
轻轻地落在草地上
让小草更加翠青

如果我是夜色一颗小星星
静静地做最闪亮的那一颗
让夜晚更加柔情

我还想如果
如果　没有如果
只想要告白平日的长情

2017.9.7

秋月正好

独自清秋
金黄满眼

秋水落叶
洗拂伤感

秋酌浅酒
殷红自然

秋风有情
天涯相安

长情对望
秋月信念

2019.11.9

诗稿

把诗稿留着
把青春和爱情的诗稿留着
水天一色
远去的风景
苍茫茫
有声有色
幽清清
有情有景

今天的风景啊
如果青春回来
如果爱情归来
放开嗓子喊一声
青春万岁
大笔一挥写一首
爱情的歌
写满三千个青春和爱情

2019.10.31

红苹果

黎明
北山烟云朦胧
窗桌上六七个苹果
装点了鲜红
别样
透红而透亮
红的盎然　亮的阳光
阳光有你
红若朝阳

傍晚
南山斜阳云霞
窗桌上六七个苹果
韵味了时空
可以燎原
高雅而怡悦
雅的内涵　悦的大方
大方有你
胜若光芒

2019.6.26

恬美夜色

夜色真美
水光潋滟
清静的江岸上
仿佛可听到自己心跳的声音

夜色凉爽
水天一体
微风吹拂着面颊
心儿在遥远东岸看闪闪的星星

夜色惬意
气笛悠悠
在这个美丽的江岸上
还想静静地看一会恬美夜色

2018.9.5

远山

暮色黯然四垂
青蛙在岸边尽情欢唱徘徊

湖水微笑个不停
只因蜻蜓夜光里轻轻飞来

守望烛光的日子
看见窗沿上长满了青苔

心灵每一个角落
缓缓流淌着安静的血脉

临窗凝望的轮廓
仿佛置身云雾缭绕的可爱

2019.9.19

龙井村

我看见
一排排采茶人
掩映茶树与烟云之中
茶树反转

满目的秋光
行走龙井原野
彩排如诗如画场景
若隐若现

孤独的嫩芽
游人的茶杯里
腾云韵味
幻化笑脸

夕阳下
一湾龙井山村
徐徐染红了
一行行郁郁葱葱的茶田

2019.11.9

龙井茶田　　永海 摄

我只想

我只想对你说
摘下天边的云朵
截缕正午的阳光
取片淡红的枫叶

我只想对你说
早晨带着快乐
夕阳跟着收获
夜晚做着梦想

我只想对你说
讲一个故事
写一段心语
编一个花篮

我只想对你说
记忆昨天美好
追寻今天月光
向往明天憧憬

我只想对你说
苍穹无限
残阳如血
霞光如虹

2017.11.11

月光·落叶

皎洁的月光
从云层中曲径而行
仿佛向林子深处走来
深秋的落叶
静静等待月光的洒落
张望着黎明的凯旋

小雨又滴落下来
打湿了林子每一片落叶
金黄的落叶
怎把雨伞送给你
搭在你的肩上
陪你走出深秋的夜晚

2017.10.23

我的名字有个海

我的名字有个海
想与大海亲个吻
你胸怀宽大
十万朵可爱洁白的浪花
在你的水波里溅滟

双眼仰望蔚蓝
双手扣紧衣角
湛蓝的妩媚啊
滴落在心里
静美犹如天仙

只愿时间慢慢
潮起又潮落
海浪一层又一层
海鸥飞翔再飞翔
心仪怦天然

湛蓝真可爱
呼吸似阳光
只想变成一艘帆船
在你岸上巡航
寸草回春安

一心向阳
面向大海

血脉涌动心脉
心中那片斑斓的梦
镶嵌一串串真诚的波浪
朴素纯粹而永远

灵魂颤抖
胜于呐喊
童真的贪懒啊
吮吸太多的甘甜
心中暖流滚烫
飞流而下融入你的港湾

也许已衰弱
但还有本能的回音
放歌吧　春的三月
午后阳光下打理翅膀
播种你的田野
虔诚你的纪念

一分矜持　一抹朝霞
淹没落日的余晖里
摘一束火焰般的余光
把深醉的爱恋留下来
献给清晨的早安
让黎明来亲吻你的脸

2020.3.16

中秋之夜

一叶金黄在飘动
一片金色在祈安
高挂中间的那轮明月啊
心愿望心情
这边望那边
照耀夜晚走过的路
温暖海上打鱼的船
中秋之夜
赏你问你一声好
恭敬一盘月饼和水果
牵出一个又一个圆又圆

2018.9.24

惠风和畅

春有惠风
秋有硕果
置身在这可爱的时代
这儿荡着快乐幸福
那儿漾着五光十色

清楚地知道
这时代的歌声
越来越觉得
像杜鹃花一样怒放
像蔷薇花一样鲜明
艳丽欢快如春色

清楚地知道
这时代的脚步
越来越觉得
牵手悠扬我们的笑脸
连心纯洁我们的思想
坚定殷红如秋色

2013.10.7

写梦的人

写梦的人
那个执着心情的人
带着满身烟尘和欢喜
在船儿悠悠的湖边
跟随满月而行
故事中相遇

写梦的人
那个遥望远方的人
住在一个金色的秋月里
彻夜未眠的夜色
把心底最柔软秘密
故事中托付

2019.10.18

当我老了

当我老了的季节
撷一根秋天的竹竿
沿着寂静的山路独自仰望

把寂寞的夜晚送给白天
背起简单的行囊
给年月涂上一片彩光

从远方借一双轻巧的手
编织秋日紫色的花环
明媚一轮皎皎的月亮

朗诵一段青春的经典
散步在幽雅的心情里
好让细雨潇扬

想把黄昏的梦筑成黎明的船
储备划桨的动能
乘春风荡起一层层的波浪

如若风流
静听每一次日出日落心跳的感觉
静看每一片云卷云舒惬意的时光

2018.9.22

感觉过后

感觉过后才知道
健康是人生的财富和希冀

感觉过后才知道
青春是不可以浪费和复制

感觉过后才知道
失去的不再会得到和抄袭

感觉过后才知道
拥有后十分地呵护和珍视

感觉过后才知道
遇见是千年的缘分和相知

感觉过后才知道
光炫背后只有付出和努力

感觉过后才知道
幸福味道好好品尝和珍惜

2016.6

一双脚

上苍安排
一人一双脚
走坏了可难以修理
合适的鞋
是最理想的陪伴
走正的路
是最正义的告白
走的路
不一定长
赤的脚
不一定大
路在你脚下
脚在你身上
走得正
脚的成就
行得稳
路的功劳
愿一双脚
正道中行稳
前程中致远

2020.3.21

路

想昨日的路
感慨时光的匆忙
想截留一缕流年的芳华
记忆停留在深处
远处有飞雪
近处有秋阳

看今日的路
黎明来临的时分
走过寂寞　从近向远
走出孤独　从低向高
走进每一天
把心中的梦想寄托明天的太阳

2017.9.22

春晖

美好的时光遇见你
深情心儿望着你
然后再然后
平平淡淡
给予胜雪的素白

像融化了的风
透入到血脉里
请原谅我吧
搜寻了半天
我却只有一首小诗来告白

2020.3.23

诗行

行走在
乡村的弯道上
怕惊吓了枝头的小鸟

行走在
草原的边沿上
恐踩伤了青青小草

行走在
洁净雪山脚下
别污染了雪水的甘甜

行走在
喧嚣的地砖上
别陌生了匆匆的人流

苍茫大地
玫瑰一样鲜红和朝霞一样曙光
润色了我的诗行

2013.10.6

金菊点秋月

金菊点秋月
枫叶染晨曦
你有兴致赏山色
意境正浓时

要知中秋月
起舞梦朝夕
我在谱曲琴月圆
明月正当时

2017.10.7

第六辑　/　冬有雪

元旦

岁月来去无声
清静的明月
穿过飘雪的季节
欣步黎明的跟前

回眸的相遇
是因昨日演绎的精彩
内心的沸腾
是因时光自信而长甜

灵动的曙光
热望的日光里浪漫
秋水长夜的意境
落入今夜的无眠

梦想不再遥远
酿一杯清纯美酒
叩拜岁月前头
静看时光的演练

仰啸长天
守望初心
撩拨内心热血
滚烫的期盼喜迎新年

2020.1.1

除夕时光

除夕最美
饮一杯清心的酒
品一壶释心的茶
不觉间
沉醉的青藤守候着窗口
梦里梦外
都是鲜红的对联

从黄昏到清晨
时而缓慢　时而匆忙
徒步除夕的路上
是谁行走的时间更长
静候相约的时光
优雅美丽
诗意浪漫

快告诉我吧
那个不会离去的灵魂
散落一地胜雪的皓月
守望心底最美的传说
除夕时光
多么淡雅
多么灿烂

2020.1.24

守望初心

仰望天边
天边的那一朵红霞

想起　想起
如闪电　如远山
千百个奔腾
千万幅图画

看看走过的
天险困苦
感慨挥笔的
从容豁达

数春天的花蕾
看荷叶的浮动
赏初秋的层层叠叠
韵冬雪大江南北的潇洒

初心　初心
静心守望心中那一抹朝霞

2019.7.1

踏雪

茫茫天空
满天飞雪
洒满了一地的寒风
却看梨花般的银装

一色的王国里
童心和雪花对话
雪地上一个花样小跟头
翻出了一行有趣的诗章

脚印与手影叠加
填满了雪一样的韵味
自是平淡素颜
才是自然明朗

相册在浅吟在低唱
请听那个内心的柔软
却是安然
便是守望

2020.2.5

想与虚度年华共进晚餐

一弯明月
静静躺在繁星的天空
一盏灯烛
唤醒我沉睡的记忆

寻思过往每一个夜晚
行走日光每一条小路
想也是一种释然
感悟来过的意义

触摸虚度年华
如今算是一个清新
想与荒芜共同商量
往事归零从头起

盘点爱的田野
才发现文字的能耐
寻找流去的光芒
匆匆诗的意境里

寂静的夜光里
独自细数窗外星辰
可以独爱的诗行
来录制明天的记忆

2020.3.27

咏梅

独独喜爱
孤傲与冷艳

冷冷雪中
自由吻凌寒

清清双眸
点红携清欢

默默月夜
一宵媚千安

淡淡青涩
芳华如初见

皑皑世界
放眼看飞雁

2020.2.25

永海 书

热水袋畅想

那是自然的温度
至简之美
慢慢地靠近你的身体

那是温柔的温度
和谐之美
渐渐地暖在你的心里

那是阳光的温度
灿烂之美
久久地从早到晚陪伴着你

那是廉价的温度
无价之美
市场和金钱无关你的意义

那是夜晚的温度
妖娆之美
星星和月亮相识相约相伴

那是心里的温度
上善之美
体味忧伤拥抱温度的惬意

2018.5.13

渡口

渡口依然繁忙
默默等候
因为笛声
因为青翠

涛声断然拍岸
有个期许
可以静心
可以沉醉

独自定然徒步
亲近两岸
若隐若现
特有况味

2020.1.25

北海道

茫茫的雪花
在一个银色的世界里
独自轻轻在飞舞

亭亭的白桦林
依偎在圣诞老人周围
不管风雪载途

那唤醒了的童心啊
正在雪地上奔跑
仿佛憧憬着雪后的日出

2018.12.9

独处

放下自我
走出你的自己
把窗户打开　让冬阳进来
把寂寞挤出　以孤独领航

好好说话
诗意陪伴你的独处
试与无聊对阵
想以心情对话时光

好好做事
做梦想的自己
与自我和谐相处
让内心的爱自由飞翔

遇见好好的自己
把自己变得强壮
又高又宽的星辰大海
把孤独的世界装得满满当当

2019.12.10

遇见

遇见是有缘的
像美丽的童话
牵挂又是一种珍贵
可荡起涟漪
可回味长长
留下那个温馨的回望

遇见是有缘的
并肩的时候
惺惺相惜
仰望的时候
淡淡相念
走过那个星空的苍茫

遇见是有缘的
一个在构图
一个在拍摄
一个是精致
一个是含蓄
向往那个梦幻般的地方

2020.1.22

雪

如梨花飘落
融早春到来
桥上风景水自流
春风翩跹飞

誓杏花执着
絮几度飞来
凌花压寒不孤独
素尔沁芳菲

2018.5.12

2019 年

靠近了　感受了
博大了　质量了
亲吻过沉甸甸的爱心
装饰了每一天的时光

欢喜的明月
转换了昨日的惆怅
祷告的灵魂
消散了昨夜的忧伤

激情的每时每刻
明亮了夜的天空
梦想之梯啊
成长了我飞翔的翅膀

不老的星光
倾城的时光里匆匆穿行
沉醉的清风
奔跑在宽敞明亮的廊桥上

2019.12.31

一同欢呼

看见你捧书的样子
似窥见密码的思想

一样心思晴空之下
别样扯心田野之上

沉醉诗意麦浪滚滚
粼粼波光湖心徜徉

饱满青稞木桶发酵
惬意酒杯斟满琼浆

贴近一点倾听一会
掀起一页金色时光

清风抚慰独处寂寥
一同雀跃青涩时代

2020.3.12

今夜无眠

无眠也好
听内心的诉说
有梦也好
看此岸风景的精致

岁月安好
聚散离合随清风
喜忧交集
不离不弃在一起

闪烁阳光
点燃季节的火焰
寂静夜晚
倾尽所有温婉有礼

对岸景色
总是那么美好
身边的风景
其实最是美丽

2020.1.2

年画镶千年

朝霞满天
新年来了
门口积雪悄悄地融化了
春芽露出了笑脸

追忆岁月
从从容容
走过了　飞过了
每一段诗一样的经典

可遇瑞雪
崭新温柔
轻轻撒落在静美的世界里
红梅含笑长天

岁初幽兰
拥抱豪迈
一副吉祥胖猪贴上了门框
年画镶千年

2019.1.16

跳棋

只要有缘
可与你相伴
简单体透
自由自在盘旋

只要呼吸
无须演艺
只想跨栏奔跑
宛若圆舞琴弦

只要心跳
脉随音符旋律
穿越明天隧道
一心执意向前

只要通透
拨动跳的顺畅
迎来跳的清新
仿佛追赶青春流年

只要畅快
一杯奶茶几颗豆
一弯明月几颗星
好似跨过冬天的门槛

2020.2.19

我的诗行

在我的诗行里
昨夜下了很大的雨
天亮的时候停了
旭日有朝霞

在我的诗行里
春的问候　夏的安慰
秋的初恋　有点感动
飘落轻轻雪花

在我的诗行里
两点直线一砚台
填满了流年记忆
日光在平淡中滴答

在我的诗行里
孤独与茶来做客
矜持不出门
倚窗看晚霞

2020.3.25

怀想

写在信笺上
眷念在心灵里
明媚的清晰
不是因为记忆
而是因为深刻

不管风吹雨打
指不定哪天
临写波澜的怀想
不是因为文字
而是因为珍贵

2017.11.17

雪花·小雨点

初春还有寒意
清晨还有雪花和小雨点
静与动中的感觉
爱雪花亦爱小雨点

临窗舒心静听
仿佛在说
飘舞的是雪花
落下的却是小雨点

静悄悄　雪花慢悠悠地飘
执着的小雨点饱含盛情融入草坪上
轻悄悄　雪花滋润了大地
松软的土地看见吐芽花草上的小雨点

浪漫的雪花呀
我在默默地为你祈福自由如愿
盛情的小雨点呀
我在真诚地为你祝愿乐感永远

2019.12.2

幽兰

一弯深谷一芬芳
叩开虚掩的门扉
款款步履盈盈暗香

一次访问一杯酒
时光里的邂逅
那轮明月为谁悠扬

一束时光一芳菲
春风里的倩影
那盏灯火为谁点亮

一日相逢一渡口
绵绵飘飞的冬雪
似一曲琴弦在弹唱

2020.1.12

冰雕·雪花

雪中赏冰雕
一座座精致如画
一盏盏壮丽如景
幽雅如兰
冰与雪的世界啊
冰雕巍然
雪花舞蹈
寒风却那么带劲
置身于茫茫雪原上
真想在雪地上翻个跟头
雪花裹着我
多想把心中灯笼高高挂起
冰雪世界更精彩
把所有劳累和烦恼
让凌花冷冻起来
让飞舞的雪花带走
只留下平安给家人
只留下快乐给你我他

2018.1

明月

元宵的夜晚
风儿带着初春的气息
也带着明月的心
穿行在幸福城市中央
水里火里奔走
风里浪里飘扬

圆圆的月儿
就算有阴和缺
就算有悲和欢
仍是那样珍惜相聚的时光

明亮的月儿
就算快乐时少
就算烦恼时多
它的祝福是岁月最纯的芳香

月在夏都分外明
那璀璨的灯火
扬起梦想的风帆
日夜生息的城市
明月的照耀下
把我们的憧憬和向往逐个点亮

2012.2

注：二〇一二年二月二十四日《青海日报》副刊发表

心的旋律

最真不过心头的朴素
装得下亭亭的实在

最美不过心脉的跳动
听不够美妙的节拍

最爱不过心灵的善良
阅不尽情深的大爱

最甜不过心涧的清泉
流不断浸润的蓝海

最好不过心中的旋律
谱不完时代的感慨

2017.11.30

莫斯科一瞥

伏尔加河孕育莫斯科红场
博大胸怀
站在一角
凌寒的雪花犹如痴狂

独立圣瓦西里大教堂
那童话般的世界里
陪伴每天的安然
祈祷每年的梦想

静静亚历山大花园
敬的风姿和礼的花篮
默默向英雄的苏联红军
鞠躬敬上

安详克里姆林宫
雪花牵手白桦何所思
心儿飘飘荡漾十月魂
红场钟声正点敲响

2018.12.6

飘雪

黎明
雪花向你问好
像一个灵动的音符
伴随音乐节奏
醉了似的
飞舞在你的叶窗上

这一刻
有情地拍打着玻璃
似画着晶莹的凌花
这一刻
有意地敲打着键盘
似写着暖暖的诗行

幻化了的雪花
晶莹通透　落落大方
飘落　飘落
难舍　难舍
且留下了
珍珠一样圆润的模样

2020.1.6

瑞雪丰年　　永海 摄

湟水河畔

我们相遇
杨柳依依的此岸
坐看摇曳的微风
一缕阳光从心中飘过
时而徘徊　时而荡漾
悠然长安

我们问候
回眸招手的岁月
唤醒尘封的记忆
喇叭花的波短传送朴素的声音
粼粼的波光
定格水浪亲吻沙滩的瞬间

我们期许
依在你的青山里
等待绿水的双桨
每一桨　每一行　朵朵浪花
从心底里缓缓流出
流向灯火阑珊的彼岸

2016.11.26

回家

雪花飘飘时
踏上了回家的路
路的这头
记忆着儿时的木桥
路的那头
记录着妈妈的牵挂
别有一番滋味在心里头

小雨霏霏时
踏上了回家的路
宽阔的马路
记忆着家乡的嬗变
美丽的村庄
诠释着乡间美好
别有一番感慨在心里头

2011.7.9

牧人追梦

那不远的雪山脚下
有一个家的地方
错落有致
天空蓝蓝　白云点点
融化了的雪水清澈见底
像一首悠扬的天籁
沿着弯弯曲曲的小溪
从村落旁流淌

那不远的草原之上
有一个家的地方
飞霞满天
草地茵茵　牛羊点点
有梦想的牧人
像一个个翱翔的苍鹰
追寻着自己的小康
从村落旁飞翔

2016.2.6

人生时光

清朗的月光下
一杯清茶
回首过往
人生的时光
寻梦而来
踏梦而去
有情的岁月
永远不是多远
长久不是多久
窗外的明月
别寂寞了一色水天
做一次长长的遐想
屋内的灯光
别冷落了倩倩影子
做一个远去的归人

2020.1.16

飞到冬的季节里

看着窗外的你
空中轻轻地自由地飞来飞去
飞到冬的季节里

凌花晶莹无瑕
飘飘落落
铺天盖地而来
不一会工夫
便是一色的打扮
分不清模样
也分不清轮廓
看着看着
一片一片的通透
通透了我的视线
恰好这个时候
有人在拍照
红色的衣裳在白茫茫世界里
演绎着自己的故事
定格了一场童话般的梦
无忧无虑地遐想

看着窗外的你
空中轻轻地自由地飞来飞去
飞到冬的季节里

2020.2.2

与雪花共舞

雪花茫茫
布满了整个空间
人海茫茫
匆匆着来来回回
谁与雪花共舞
让雪花
飘落在发丝间
飘落在肩膀上
飘落在手心里
飘落在一年隆冬的时节
我想看看雪花飘落
覆盖你一层薄纱的模样
我想看看雪花飘落
想让你穿上新年的衣裳
看着飞舞的雪花
我多想聆听
聆听那新年的钟声敲响

2019.12.22

诗词相逢

相逢的诗
不再让人孤单
相逢的词
悄悄又要远去

轻吟的韵律
挥手时刻寻找
瞬间沸腾起
将要决堤的情愫

一样的意象
不一样的意境
目光里定格
心海里起伏

平平若隐若现
仄仄似左似右
不再寂寥的心灵
期待归来时相遇

2019.11.3

台 历

喜欢的台历
热爱的寸光

撕了最后一页
过去记忆做个记号
把烦心恼事放到左边
抹去忧伤的瞬间
把可圈可点放到右边
祈祷赐予的阳光

掀开一个新年
早霞的炫斓　西天的斜阳
晚霞和月光的柔美
时光中演练
意义这个世界
陪伴三百六十五天曙光

2019.12.23

灯会

深冬的夜色来得早
高原的风儿
穿着节日的霓裳伴行
按捺不住的花灯呀
早已把城市点亮
那斑斓的色彩令人沉醉
龙的灯
长长的龙　吉祥的龙　跨越的龙
飞舞在广场中央
马的灯
枣红的马　如意的马　奔腾的马
驰骋在马路两旁
缤纷的花灯啊
把火红的希望点燃
沸腾的夜晚啊
给追寻的人们带来吉祥

2012.2

注：二〇一二年二月二十四日《青海日报》副刊发表

诗·墨

稚嫩的几行诗
多少有几分清醒
无言的几砚墨
多少存几分安静

世间千般风光
填补孤独的情景
胸中万般欢喜
寄托寂寞的心灵

简约诗意之境
在自然之间充盈
韵含墨香之笔
在朝夕之间相映

2020.2.17

如果可以

如果可以
为你打造一轮宁静明月
照在香樟木的小窗上
轻悄你快快入眠
做梦一样的梦想

如果可以
天天一串冰糖葫芦
哈气连天时来一口
暖暖冬天的早晨
甜甜你的心房

如果可以
将你的惆怅洒在北海里
让禅意的从容
拥有一份淡定和安然
快意你的荡漾

如果可以
灿烂的日光不离你
若水的月光不弃你
像白开水沸点
扑腾你的波浪

2019.12.22

信徒

大慈大悲的佛啊
你的信仰者
雪山脚下
千里迢迢
揣一颗烙印的灵魂
不停顿地诵真言
不停顿地转经筒
不停顿地卧磕头
至上佛陀
这是一个怎样虔诚心境呦
不为别的
只为祈福安好
只为世界美好

2013.7.10

冬雪温度

美妙冬季
飞雪漫漫
瞬间唤醒了一千年的睡眠
满满感觉
仿佛一万朵梨花静悄悄盛开

摇曳烛光
独守一千片静谧的空间
静静书签
沿着记忆的一万条小路
流动心灵的搏脉

2019.2.12

自然·简单

清晨问一声你好
晴天树荫里安然

窗口叽喳的小鸟
吵走了寂寥傲慢

湖上温柔的清风
拾起了一缕光鲜

在乎曾经的拥有
深夜不肯说埋怨

默默款款的温情
无言也别有温暖

心若疗养的寂静
便自有几分安恬

通幽处安放心绪
心近天涯路不远

祈愿条条自然路
其实归途是简单

2019.11.6

走近月光

走近月光
幽兰馨香
似看见了晶莹的泪花
似看见了妩媚的闪电
眼波轻轻滑向辽阔的海洋
跋涉　跨越　穿过
生发朵朵浪花
猜想　梦想　理想
诠释段段故事
随月光的文明
慢慢走来
闪烁叠加
好像镶嵌在韵致的月夜里
无眠的月光
会同调皮的星星
照亮了树荫的斑驳
随月光的脚步
走过弯弯的小桥流水

2017.11.6

落雪

初春摇曳
刚脱去冬装的春天
轻轻快快又飘起了茫茫雪花

落在了该落的地方
瞬间换成晶莹水珠
映照着岸边戏水的小鸭

落在了想落的地方
覆盖着暖暖小房子
透过玻璃可看到早起的妈妈

落在了散落的地方
惊醒林子砍柴人
雪花逗乐了初春的嫩芽

2017.3.16

夜光下蓝屏

每天正点
夜光下蓝屏
一半是揪心
一半是感想

戴呼吸机那个样子
一股纠结涌上心头
护目镜后那双冷峻眼神
似戳穿了病魔心脏

兄弟般铁的念想
隔离了魔样的病毒
姐妹般爱的情愫
湿润了陌路的眼眶

心情相通　加油吧
决然甩去笨重的防罩
血脉相连　奉献吧
梳理舞蹈天使的翅膀

守候蓝屏
多想听杀戮病魔的声音
多想看不戴防罩的笑靥
大爱天使　不负阳光

2020.2.15

西溪湿地公园

三水路　六竹林
野鸭穿芦苇
湖水恋荷叶
小船冲浪花

六幽径　九雕栏
龙井丝绸薄
炊烟轻飘摇
湿地满红霞

2019.11.8

平凡

我是那种
一平一凡的烟云
承认自己的平凡吧
平凡没有什么不好
与平凡和谐
与尘埃共舞

因为平凡
不能剪裁春的忧郁
因为平凡
不能编辑秋的景色
与心情友好
与季节相处

平凡中的我
守望时光给予那份美好
与你一起欣赏
夏日的荷花
冬日的雪花
还有诗行里的典故

平凡中的我
与奢华无缘
与妖娆无关
在平凡中安静剪辑
好日子无处不在的那个
瞬间的艺术

2020.5.16

第 365 天

一年最后一天
回味日子
恍惚间做了一个长长的梦
夜的静谧
托起一串串收获的稻谷
梦之艰辛
梦之微笑

一年的最后一天
仰望日子
顷刻间做了一个长长的梦
夜的旋律
唱响明天的梦想
梦如向往
梦如长跑

2013.12.30

后记

一路走来，我才知道。

人间温暖，有情有爱。

只有可遇，才有相识。

感谢我的领导，对我人生的指导。

感谢我的同事，对我工作的帮助。

感谢我的编辑，对我诗稿的审校。

感谢我的同学，对我学习的启迪。

感谢我的朋友，对我平日的友情。

感谢我的家人，对我生活的关心。

也感谢我的柔软和任性。

2020.6.6